Pájaro sin hogar

P
U
N
T
O

D
E

E
N
C
U
E
N
T
R
O

Gloria Whelan

Pájaro sin hogar

EVEREST

Para Jaqueline y Patrick

Dirección Editorial: Raquel López Varela
Coordinación Editorial: Ana María García Alonso
Maquetación: Cristina A. Rejas Manzanera

Título original: *Homeless Bird*
Traducción: Liwayway Alonso

Ilustración de cubierta: Juan Ramón Alonso
Diseño de cubierta: Jesús Cruz

Copyright © 2000 by Gloria Whelan
© EDITORIAL EVEREST, S. A.
Carretera León-La Coruña, km 5 - LEÓN
ISBN: 84-241-8077-1
Depósito legal: LE. 787-2002
Printed in Spain - Impreso en España

EDITORIAL EVERGRÁFICAS, S. L.
Carretera León-La Coruña, km 5
LEÓN (España)

www.everest.es

I

Koly, ya has cumplido trece años y no paras de crecer —me dijo Maa—. Ha llegado la hora de buscarte un marido.

Yo sabía por qué. Algunos días mi *maa* no comía más que un poco de arroz para que los demás –mi *baap*, mis hermanos y yo– pudiéramos comer más. "Hoy me toca ayunar", decía, como una cosa sagrada, pero yo sabía que era porque no había suficiente comida para todos. El día que me marchara de casa habría un poco más para todos. Yo ya sabía que ese día se acercaba, pero el pesar que veía en los ojos de Maa me hacía estremecer.

Mi *baap*, como todos los padres de hijas casaderas, tenía que buscarme una dote:

—No será fácil —dijo con un suspiro.

Baap era escribiente. Pasaba todo el día sentado en su puesto del mercado, esperando ganar unas cuantas rupias a cambio de las cartas que escribía para los que no sabían hacerlo. Sus clientes tenían poco dinero. A menudo Baap escribía la carta tan sólo por una rupia o dos, porque tenía buen corazón. Cuando era pequeña, a veces me dejaba estar de pie a su lado. Yo miraba mientras él escribía las palabras habladas, que se convertían en pájaros enjaulados, atrapadas para siempre por mi inteligente *baap*.

Cuando descubrieron que Maa y Baap buscaban marido para mí, mis dos hermanos comenzaron a tomarme el pelo. Mi hermano mayor, Gopal, dijo:

—Koly, cuando tengas marido, tendrás que obedecerle en todo. No podrás sentarte a soñar despierta como haces ahora.

Mi hermano pequeño, Ram, a quien ganaba siempre jugando a las cartas, dijo:

—Cuando juegues a las cartas con tu marido, tendrás que perder siempre.

Mis hermanos iban a la escuela para niños del pueblo. Aunque había una escuela para niñas, yo no iba. Había suplicado que me dejaran ir, prometiendo que me levantaría temprano y me acostaría tarde para hacer mis labores, pero Maa dijo que mandar a las niñas al colegio era una pérdida total.

—No te servirá de nada después de casada. Es mejor invertir el dinero de los libros y la matrícula en tu dote, así podremos encontrarte un buen marido.

Cuando miraba los libros de mis hermanos a escondidas, veía secretos que no podía descifrar en las letras. Les suplicaba que me enseñaran aquellos secretos, pero se reían de mí. Gopal se quejaba:

—Yo tengo que pasarme el día en una clase asfixiante y cuando miro por la ventana me pegan en los nudillos. Tú sí que tienes suerte.

Ram decía:

—Cuando una niña aprende a leer, se le cae el pelo, se queda bizca y ningún hombre vuelve a mirarla.

A pesar de todo, yo hojeaba los libros de mis hermanos. Cuando Maa me mandaba al pueblo a hacer algún recado, me rezagaba bajo las ventanas de la escuela para oír a los estudiantes que recitaban las lecciones en voz alta. Pero aquellas lecciones no eran como el sarampión. No se me pegaban.

Mi *maa* pensaba que los libros eran inútiles. Cuando no estaba haciendo las labores de la casa, pasaba el tiempo bordando. Como su *maa* antes que ella, y la *maa* de su *maa*, y así hasta donde alcanzaba la memoria, las mujeres de nuestra familia siempre se habían dedicado a bordar. Todos sus pensamientos y sueños se reflejaban en aquel trabajo. Maa bordaba los bordes de los *saris* que se vendían en el mercado. Un *sari* podía llevar muchas semanas, porque ocupaba toda la habitación. Como llevaba tanto tiempo, cada *sari* pasaba a formar parte de nuestras vidas. Tan pronto como fui capaz de sostener una aguja, pude empezar a bordar diseños sencillos. A medida que iba creciendo, Maa me daba pavos reales y patos para bordar. Cuando el borde estaba terminado, Maa llevaba el *sari* al mercado. Entonces había rupias de sobra en casa.

Ahora veía a Maa sentada con una pieza de muselina roja en las rodillas, para mi *sari* de boda. El vendedor le había dejado el *sari* a Maa a buen precio, porque apreciaba su trabajo. Estaba trabajando en un borde de flores de loto, un borde apropiado para un *sari* de boda, porque la vaina del loto tiene muchas semillas que se esparcen con el viento y son símbolo de riqueza y abundancia.

Los familiares y amigos comenzaron a buscar un novio. Por un lado, deseaba que lo encontraran y que alguien me quisiera. Por otro lado, esperaba que nadie en el mundo me quisiera tanto como para apartarme de mi hogar y mi *maa* y mi *baap* y mis hermanos. Sabía que, después de la boda, tendría que vivir con la familia de mi marido. Comencé a bordar una colcha como parte de mi dote, transformando todos mis temores en puntadas y todas las cosas que iba a dejar atrás en imágenes, para llevarlas conmigo.

Bordé a mi *maa* con su *sari* verde y a mi *baap* en la bicicleta que lo llevaba al mercado cada mañana. Mis hermanos jugaban al fútbol con una pelota hecha de trapos viejos. Añadí las hojas plumosas del árbol de tamarindo que crecía en el centro de nuestro patio y a nuestra vaca bajo la sombra. Puse el sol que caía sobre el patio y las nubes que se formaban antes de las lluvias. Yo me puse junto al pozo, en el patio, donde me mandaban muchas veces al día para recoger agua. Bordé los puestos del mercado, rebosantes de cúrcuma, canela, comino y mostaza. Bordé puestos de verduras con berenjenas moradas y melones verdes. Hice al barbero cortando pelo, al dentista sacando muelas, al hombre que limpiaba las orejas y al hombre de la cesta llena de cobras. Como estaba ocupada con el resto de mis labores, el bordado me llevó muchas semanas.

Mientras bordaba, me preguntaba cómo sería mi marido. Había oído hablar de niñas que tuvieron que casarse con hombres mayores, pero pensaba que Maa y Baap no permitirían que me sucediera algo así. Cuando soñaba despierta esperaba que fuera guapo y que fuera bueno conmigo.

Mi hermano mayor decía:

—Somos demasiado pobres para comprarte un marido decente.

Mi hermano pequeño decía:

—Si hay alguien que quiera casarse contigo, es que tiene algo malo.

Cuando supe que por fin me habían encontrado un marido, estuve a punto de escaparme. ¿Cómo iba a pasar el resto de mi vida con alguien a quien no había visto jamás? Pero Maa había acabado de bordar mi *sari* de boda, Baap había escrito una carta de aceptación a la familia del novio y mis hermanos comenzaron a tratarme con respeto, así que no me escapé.

Había que pagar un dinero, como regalo a la familia de mi novio por acogerme. Para reunir el dinero de la dote, Maa tuvo que vender tres jarrones de cobre y una lámpara nupcial de latón, que formaban parte de su propia dote. Lo más duro fue que también tuvimos que vender la vaca. La familia no volvería a tener leche fresca, rica, para sacar mantequilla y hacer *ghee*. Ahora, tendrían que comprar *ghee* en el mercado, donde todo era más caro y menos fresco. Pero el dinero no fue suficiente. La familia de mi novio preguntó:

—¿Qué joyas traerá?

Yo no tenía más que un par de pulseras hechas con cuentas de cristal y algunos anillos de plástico para los dedos de los pies. Oí que Maa y Baap se quedaron hablando hasta tan tarde que la luna surcó el cielo. A la mañana siguiente, Maa sacó los pendientes de plata que había llevado en su boda. Eran de plata maciza y pesaban tanto que, cuando me los probé, tuve miedo de que se me estiraran las orejas como las de un elefante. La familia del novio quedó satisfecha.

Mi *baap* pidió una foto del novio, por complacerme, pero no se la enviaron. Yo no sabía mucho de él, sólo que se llamaba Hari Mehta y que tenía dieciséis años.

—Tiene una hermana pequeña —dijo Maa—. Así que tendrás ayuda con las tareas de la casa.

Se consideraba un buen matrimonio. El *baap* de Hari, como el mío, era un *brahman*, la casta hindú más alta, y era maestro de escuela. Seguro que Hari había ido a la escuela.

—¿Le importará que yo no sepa nada? —me pregunté en voz alta.

—¿Cómo que no sabes nada? —preguntó Maa con voz disgustada—. Sabes cocinar y llevar una casa y bordar tan bien como yo. ¿Acaso una esposa debe sentarse con un libro y dejar sus labores sin hacer?

Aunque tendría que dejar mi hogar por el de la familia de mi novio, casi me alegraba de casarme. Alguien me quería. Y lo mejor de todo era que, en lugar de los restos de *saris* usados de mi *maa*, tendría mi propio *sari*.

Los Mehta estaban ansiosos por celebrar la boda cuanto antes, así que pidieron al astrólogo que fijara pronto una fecha propicia para la boda. La ceremonia tendría lugar en casa de Hari y no en la nuestra. Aquello no era habitual, pero a mis padres les pareció bien, porque así no tendrían que gastar en darles de comer a los invitados de la boda.

Mis hermanos no vendrían con nosotros. Me atreví a despedirme con un abrazo. Cuando me abracé a ellos, mi hermano mayor parecía avergonzado y el pequeño tímido. Aunque a veces se burlaban y me tomaban el pelo, también sabían ser amables. Cuando nadie lo veía, mi hermano mayor me ayudaba a acarrear desde el estanque los pesados cubos de barro para emplastecer las paredes. Una vez mi hermano pequeño me trajo cuatro luciérnagas en un tarro.

Al salir del patio con Maa y Baap, volví la vista hacia atrás. En el patio comíamos y dormíamos las noches de calor. Me despertaba el sonido del cuco en el árbol de tamarindo que daba sombra al patio. Maa y yo nos lavábamos bien el pelo junto al patio y lo dejábamos secar al sol. Después nos hacíamos trenzas la una a la otra. Una vez, cuando las pequeñas azucenas silvestres estaban en flor, las prendí en el pelo de Maa y ella reía como una niña. Todas aquellas cosas quedaban atrás.

Llevaba mi colcha, una caja de madera de sándalo con los pendientes de plata dentro y una foto de mis padres, mis dos hermanos y yo. Nos la había sacado un fotógrafo ambulante hacía un año. Mis hermanos y yo estábamos sonrientes, pero mi *maa* parecía enfadada y mi *baap* culpable. Recuerdo que *Maa* decía que podía haber comprado medio kilo de arroz con las cinco rupias que costó la foto. Al principio los colores de la foto eran demasiado chillones, no se parecían a los de la vida real, pero al cabo de un año se tornaron en colores más suaves, más reales.

Cuando el autobús arrancó de la estación sentí el picor de las lágrimas en los ojos. Aquel autobús me llevaba al pueblo de los Mehta, pero jamás me traería de vuelta. Maa debió de pensar lo mismo; me agarró la mano y la sujetó con fuerza.

El señor Mehta nos esperaba cuando llegó el autobús. Era un hombre bajito, de cara redonda y llevaba unas gafas grandes, de montura oscura. Hice mi mejor *namaskar* ceremonial, saludé y hasta le toqué los pies, pero él no me prestó atención. En lugar de eso, se dirigió a Baap y, tras un saludo cortés pero rápido, preguntó:

—¿Ha traído la dote, señor?

Hasta entonces yo pensaba que la familia Mehta me quería a mí; ahora me parecía que lo que más les importaba era la dote. ¿Acaso mi matrimonio era como la compra de un saco de batatas en el mercado?

Una carreta tirada por dos bueyes nos llevó por un camino polvoriento. El viento cálido agitaba los bosquecillos de bambú. Hasta los cuervos parecían inquietos, volaban de árbol en árbol como si las ramas estuvieran demasiado calientes para posarse. Oí a Maa susurrar que deberían haber llevado algo mejor que una carreta para recibirnos, pero pronto vimos que la casa de los Mehta no estaba muy lejos.

La casa de los Mehta era más grande que la nuestra, pero algunas paredes de adobe estaban derruidas y una parte de la casa no tenía techo. En medio del patio estaba tumbada una vaca escuálida, que parecía un saco de huesos. Unas ocas con muy mal genio nos recibieron silbando. El señor Mehta las espantó y nos guió hacia la entrada, donde nos esperaba la señora Mehta. Era alta y delgada como un suspiro, tenía ojos pequeños, brillantes, de pájaro, y una nariz afilada. Hice una reverencia y le toqué los pies. Al contrario que su marido, ella me observó con mucha atención. Yo sabía que tenía un pelo muy rebelde que se negaba a permanecer atrapado en una trenza bien peinada y unos ojos demasiado grandes, que mi hermano mayor llamaba ojos de búho. Como siempre que me presentaban a alguien, no sabía que hacer con las manos y los pies.

—Tu hija es grande para su edad —le dijo la señora Mehta a Maa—. Eso es bueno. Aquí hay mucho trabajo que hacer.

—Koly es muy trabajadora —respondió Maa.

Lo dijo con orgullo, pero supe que algo le preocupaba. Empezaba a desear haberme quedado en casa. No esperaba que me hicieran mucho caso pero, hasta ahora, el recibimiento de los Mehta era poco caluroso.

Una niña que parecía un año menor que yo, más o menos, nos miraba desde un rincón de la habitación.

—Chandra —llamó la señora Mehta—, ven aquí a conocer a tu cuñada.

Chandra era muy guapa, tenía una piel dorada y ojos tristes, suplicantes. Estaba rellenita y tenía la cara y el cuerpo redondos, suaves. Su grueso pelo negro caía sobre los hombros y le tapaba parte de la cara. Me hizo una reverencia tímida y enseguida apartó la vista, como si supiera algo de mí, algún secreto que yo no conocía.

La señora Mehta le dio un codazo a su marido, lanzándole una mirada severa. El señor Mehta, que parecía incómodo, le dijo a Baap:

—Tenemos que arreglar un par de asuntos antes de la boda.

La señora Mehta nos guió a Maa y a mí hacia una habitación del interior de la casa. En cuanto nos dejó solas, susurré:

—¿Cuándo veré a Hari?

—Mañana durante la ceremonia de la boda. No sería correcto que lo vieras antes —dijo Maa.

—¿Y si no me gusta?

—Pues claro que te gustará.

—¿Pero qué pasa si no me gusta?

Maa espantó una mosca con un gesto impaciente:

—Entonces deberás aprender a que te guste.

Me abrazó y sentí la humedad de sus lágrimas contra mi mejilla. Yo también me eché a llorar.

Entre mi esterilla y el *charpoy* de mis padres sólo había una cortina. Cuando Baap regresó, oí que le dijo a Maa:

—Ya tiene el dinero y pronto tendrá a nuestra hija.

—¿Has visto al hijo? —preguntó Maa.

—No. Mehta dice que el chico tiene un poco de gripe y que está descansando para la ceremonia de mañana.

—Eso no es buena señal —dijo Maa.

—Aquí nada es buena señal —respondió Baap.

Maa preguntó, con voz asustada:

—¿No deberíamos retrasar la boda?

La voz de Baap sonó severa:

—¡Ni se te ocurra mencionarlo siquiera! Ya sabes que si una boda no se celebra en la fecha fijada, caerá un mal sobre la novia.

Aquellas palabras me asustaron tanto que permanecí despierta toda la noche, escuchando los sonidos que me resultaban extraños. Se oían voces en una habitación cercana y en otra dirección se escuchó una tos. Yo quería pedir a mis padres que me llevaran a casa. Prometería comer muy poco y trabajar mucho. Pero no podía hacerlo. Si me negaba a casarme, mi familia quedaría deshonrada. Me decía a mí misma que si mis ojos no fueran tan grandes o si mi nariz fuera más pequeña, si no fuera tan alta o tuviera el pelo más liso, los Mehta serían más amables. Aun así sabía que, a pesar de mis defectos, mis padres me querían. Quizá, pensaba para consolarme, con el tiempo los Mehta llegarían a quererme también. O, si no llegaban a quererme, al menos se acostumbrarían a mí.

Maa me despertó tan temprano que las palomas aún no habían comenzado a arrullar. Salimos al patio y sacamos agua del pozo para lavarme el pelo. Maa me echó aceite y me hizo una trenza. Me empolvó la cara con polvo dorado de cúrcuma y pintó la marca roja de la *tikka* en mi frente con una pasta de madera de sándalo y bermellón. Me delineó los ojos con un lápiz de ojos. Me puso colorete en los labios y en las mejillas. Me ató la *kautuka*, un hilo nupcial amarillo, de lana, alrededor de la muñeca. Me vestí con el *choli* y la enagua. Finalmente me puse los pendientes de plata y me até el *sari* nuevo, de color rojo guindilla, como me indicó mi madre. Jamás me había vestido con tanta tela. Cuando me la metí bien por la cintura, me resultaba difícil caminar y no paraba de resbalarse de mi cabeza.

Por fin estaba lista y Baap entró a verme. Creí que quedaría complacido. Me giré a un lado y a otro para mostrar mi esplendor, pero él se echó a llorar y me sentí desilusionada.

—Va vestida como una mujer y no es más que una niña —dijo.

Al oírlo, también me eché a llorar y sólo callamos al oír las palabras de enfado de Maa. Cuando terminó de regañarme la miré con ojos asustados y vi que ella también tenía lágrimas en los suyos.

En aquel momento llamaron a la puerta.

—Estamos esperando —gritó la señora Mehta.

Escuchamos el sonido de un *sitar* y un *tabla*. Miré a mis padres y sonreí. Algo debía valer, si los Mehta gastaban su dinero en música. No se me ocurrió que la música no era para mí, sino para impresionar a los amigos de los Mehta.

En el patio, donde esperaba un sacerdote, se había reunido un puñado de gente. Me colocaron una guirnalda de caléndulas amarillas y naranjas alrededor del cuello y me senté frente a mi novio. Yo mantenía la vista baja, como era correcto, pero miré de reojo a Hari. No pude evitar dar un leve respingo, sorprendida, porque estaba segura de que había un error. El chico que estaba sentado frente a mí parecía de mi edad, quizá más pequeño aún. Estaba flaco y pálido y parecía muy asustado. Sus ojos estaban rodeados de largas pestañas y en la boca tenía un gesto amargo con las comisuras hacia abajo.

De cualquier forma, era seguro que se trataba del novio; vi que le habían pintado la frente y llevaba una guirnalda de caléndulas. Sobre la cabeza llevaba el tocado del novio, con sus borlas de oropel. El sacerdote nos tomó las manos y las unió bajo un pequeño paño de seda. La mano de Hari estaba caliente y sudorosa. Estuve a punto de retirar la mía, pero él la agarraba con fuerza, como si temiera caer al suelo.

Oí su voz por primera vez cuando pronunció las palabras del matrimonio. Sonaba muy débil y a cada minuto tenía que pararse para toser y carraspear. A pesar de aquella voz, los versos me conmovieron:

—Yo soy las palabras, tú la melodía; yo la semilla, tú la portadora; el cielo yo, la tierra tú.

Mientras él pronunciaba aquellas palabras, el sacerdote ató una esquina de mi *sari* a un pedazo de la camisa de Hari. Finalmente, nos roció las cabezas con agua.

Cuando terminó la ceremonia y comenzó la celebración, no tuve oportunidad de ver a Hari. La mujeres estaban a un lado del patio y los hombres al otro. Los invitados parecían interesados sólo en la comida. Había patatas con comino, garbanzos cocidos con cebolla y jengibre, varios tipos de curry y fuentes de melones y mangos. Lo mejor de todo es que tenían mi dulce favorito, pastelitos de coco. Los hombres comían primero y cuando llegó el turno de las mujeres, todos los pastelitos de coco se habían terminado. Me pareció injusto que una novia no pudiera tomar un pastelito de coco el día de su propia boda.

Vi que Baap hablaba muy enfadado con el señor Mehta. Maa ni siquiera le hablaba a la señora. Los Mehta no habían invitado a mis padres a quedarse después de la fiesta, de modo que cuando terminó el banquete vinieron a despedirse de mí. Cuando nos quedamos a solas un momento, Maa me dijo:

—El chico es mucho más joven de lo que nos habían dicho y está enfermo.

Baap la mandó callar:

—No preocupes a la niña. Ahora no hay nada que hacer. Ya has oído lo que dicen, tiene gripe. Pronto se le pasará la enfermedad. Y en cuanto a la edad, tiene tiempo de sobra para crecer y convertirse en un hombre.

Antes de marcharse, Baap me acarició la mano y me pasó un pastelito de coco con disimulo.

Ya era de noche cuando se marchó el último invitado. La señora Mehta que, como madre de Hari, ahora era mi *sass*, me agarró el brazo asiéndolo como he visto a las mujeres del mercado sujetar el cuello de un pollo antes de matarlo.

—Puedes dormir en la habitación de Chandra —dijo—. Hari está enfermo. Debe dormir con nosotros para que pueda cuidarle como es debido. Quítate los pendientes de plata y dámelos para que los guarde.

Por lo que había oído decir a mi *maa* y mi *baap*, había adivinado que los Mehta no habían sido honestos con nosotros. ¿Cómo podía fiarme ahora de la señora Mehta? Sacudí la cabeza, testaruda. Sabía que si la desafiaba ahora seríamos enemigas, pero no me importaba.

—¿Qué he hecho yo para merecer una nuera tan desobediente y terca? —espetó Sass y se marchó de la habitación ofendida.

Más tarde, cuando Chandra salió de la habitación, busqué hasta encontrar un ladrillo de barro suelto en la pared. Lo saqué, escondí los pendientes y volví a colocar el ladrillo, quitando el polvo con cuidado para no revelar el escondrijo. En aquella casa llena de secretos, yo tendría mi propio secreto.

Cuando regresó Chandra, sonrió y me tomó de la mano:

—Ahora serás mi hermana —dijo.

Por primera vez aquel día sentí un poco de felicidad. La verdad es que prefería tener una hermana antes que un marido, sobre todo un marido como el que tenía. Chandra se acostó en su *charpoy* y yo en el mío. Se quedó dormida enseguida.

Aquella noche apenas pude dormir. Echaba de menos mi casa y en la habitación de al lado se oía la tos de Hari. Tumbada en aquella casa extraña, me sentía como un animal recién enjaulado que corre buscando una puerta abierta donde no la hay. Pensé que quizá podría aguantar un día o dos en mi nueva casa, pero no me imaginaba vivir allí el resto de mi vida.

II

Me levanté temprano y me vestí en silencio mientras Chandra aún dormía. Había desaparecido todo rastro de la boda, y la casa y el patio estaban vacíos y me resultaban extraños. Miré a mi alrededor buscando las pequeñas comodidades de mi viejo hogar, una alfombra raída o un cojín lleno de bultos, pero no había nada.

Mi *sass* estaba sirviendo el arroz de una sartén en un cuenco.

—Remueve el arroz mientras llevo esto a Hari —dijo.

—Puedo llevárselo a… —me quedé callada. Marido era una palabra demasiado seria, y habría sido impropio de mí llamarlo así.

Ella me lanzó una mirada severa:

—Yo atenderé a Hari. No dejes que se queme el arroz.

El señor Mehta, mi *sassur*, se marchó por la mañana temprano a la escuela donde enseñaba. Chandra llevó la ropa sucia al río cercano. Hari estaba en su habitación. Me quedé sola con Sass, que me asignaba una tarea detrás de otra. Llevé los cuencos al pozo del patio y los froté con ceniza y arena. Regresé para frotarlos por segunda vez cuando Sass encontró que uno de los cuencos estaba un poco pegajoso:

—¡Pero cómo te han educado, niña? —me regañó, sin llamarme por mi nombre siquiera.

Por la mañana llevé la vaca al pasto y la volví a traer por la tarde para que mi *sass* la ordeñara, aunque la vaca estaba tan flaca que yo no pensaba que pudiera dar leche. A última hora de la tarde Sass se marchó al pueblo a buscar medicinas para Hari, diciendo que no podía confiar en que una niña de mi edad trajese lo que se necesitaba.

—No debes molestar a Hari —dijo al marchar—, necesita descansar. No tardaré mucho.

Supe que Hari debía estar despierto al oírle toser. No me parecía justo separar a una mujer de su marido. Chandra estaba ocupada en el patio, llevando agua del pozo al pequeño huerto, donde calabazas y melones se arrastraban buscando espacio para crecer. En el patio había un árbol de mango con flores perfumadas. Aunque Chandra me advirtió que no lo hiciera, recogí un puñado de flores y las llevé a la habitación de Hari. Hari estaba sentado en su cama. Había flores del árbol medicinal *nim* salpicadas por toda la cama. Estaba muy pálido, pero parecía alegrarse de verme.

—Mira lo que te he traído —dije, y coloqué las flores sobre la cama.

A medida que mis ojos se fueron acostumbrando a la oscuridad, descubrí con sorpresa que había una colección interminable de mariposas e insectos clavados en las paredes de adobe. Debía de haber más de cien, todos diferentes. Comencé a pasear mirando los colores brillantes de las mariposas y las extrañas formas de los insectos.

—¿De dónde han salido? —pregunté.

Él dijo orgulloso:

—Es mi colección. Cuando estaba bien, los cazaba yo. Desde que enfermé, la gente me los trae. Me sé los nombres de todos. Si ves un insecto o una mariposa, tienes que traérmelo.

—Puedo traerte insectos, aunque no me gusta cazarlos. Pero no quiero colgar mariposas en la pared.

—Tienes que hacer lo que yo te diga porque eres mi esposa, y además no estoy bien.

—¿Estás muy enfermo?

Él sujetaba una de las flores, tocando los pétalos.

—Sí —dijo. Tenía la voz ronca de tanto toser. Me miró enfadado—. No deberían dejarme aquí solo, sin nadie que me traiga cosas cuando las necesito —me miró tras sus largas pestañas. Cuando vio que yo no respondía dijo—: He oído al médico decir que voy a morir.

—¡No te creo!

Aunque me latía el corazón, porque sí le creía. Allí tumbado, en su cama, sin el traje de boda, se le veía delgado como una rama de sauce y muy débil. Estaba segura de que tenía fiebre, porque aunque el día era fresco, tenía mechones de pelo rizado pegados a la frente, y las mejillas muy coloradas.

—Me van a llevar a Varanasi —dijo Hari—, creen que me curaré si me baño en el Ganges. Pienso que nada puede curarme.

—¿Cómo puedes decir una cosa así? —pregunté.

Sentí un temblor. ¿Cómo podía hablar de su muerte con tanta tranquilidad?

Hari continuó:

—Espero tener la suerte de morir en Varanasi, así esparcirán mis cenizas sobre el sagrado Río Ganges; entonces mi alma será libre.

Todo su cuerpo se estremecía por la tos.

—Vuelvo enseguida —dije, y salí corriendo de la habitación.

Una parte de mí deseaba huir de las palabras sobrecogedoras de Hari y otra parte de mí deseaba hallar el modo de ayudarlo. Recordé cómo mi *maa* me daba miel y jengibre cuando tenía mucho catarro. Encontré una raíz de jengibre para rallar. Tuve que meter los dedos en varias jarras para encontrar la miel. Estaba escondida en el fondo del armario.

Hari se tomó tres cucharadas de miel y jengibre. Después de unos minutos, cuando paró de toser, me sonrió.

—Háblame de tu casa —me ordenó.

Todas sus peticiones parecían órdenes.

Traje mi colcha y me subí en su cama, para mostrársela mejor.

—Éstos son mi *maa* y mi *baap* y mis hermanos y nuestra vaca, que tuvimos que vender para poderme casar contigo. Éste es nuestro mercado, donde mi *baap* tiene un puesto para escribir cartas.

Le enseñé los comerciantes de especias y los puestos de verduras y el hombre con la cesta de cobras. Estaba tan absorta entreteniendo a Hari que ni siquiera oí a su *maa* entrar en la habitación.

—¿Pero qué haces aquí, niña? ¡Sal de la cama de Hari! ¿Por qué has robado la miel? —me lanzó la colcha y agarró las flores de la cama—. Has arrancado las flores de mango del árbol —me quedé de pie, temblando, mientras ella contaba las flores—. Hay seis. Seis capullos que jamás se convertirán en fruta. Nos has robado seis mangos. Lo recordaré a la hora de repartir la fruta.

Hari miro a su *maa* con un gesto huraño.

—Koly trajo las flores para alegrarme. Es la única que me ha traído flores. Me estaba hablando de su casa y me dio la miel para la tos. Me he mejorado.

La *maa* de Hari se quedó mirándole fijamente.

—No creo que sea la miel, pero yo también puedo dártela —se giró hacia mí—. Ahora, deja al chico. Tiene que descansar. Puedes preparar el fuego para la cena.

Su voz ya no sonaba tan furiosa. Ella misma podía ver que Hari tosía menos. Encontré a la hermana de Hari, Chandra, poniendo a remojo las lentejas para la cena.

—Chandra —susurré, apenas me atrevía a pronunciar en voz alta aquellas terribles palabras—: ¿Es cierto que Hari va a morir?

Ella respondió con un susurro aún más bajo:

—Eso dice el médico. No hay ninguna medicina que pueda curarle —tenía los ojos llenos de lágrimas—. Por eso Maa y Baap le van a llevar a Varanasi. Tienen la esperanza de que mejore en el Ganges.

—¿Nosotras también iremos a Varanasi?

Durante toda mi vida había oído hablar de la ciudad santa. Sería estupendo verla. Pero después de hacer la pregunta, me sentí avergonzada al pensar que quería disfrutar de un viaje tan triste.

—No. Irán solamente Maa y Baap. Se van a quedar en casa de unos amigos, pero el billete de tren es muy caro.

—Chandra, no comprendo cómo han dejado que Hari se casara conmigo cuando estaba tan enfermo. ¿Por qué les mintieron a mis padres sobre su edad? Es imposible que Hari tenga dieciséis años.

Chandra miró por encima del hombro para asegurarse de que estábamos solas. En una voz tan baja que tuve que acercarme a ella para poder oír, dijo:

—Mis padres necesitaban dinero para el médico y dinero para llevar a Hari a Varanasi. Piensan que el Ganges es su última esperanza. La única forma de conseguir el dinero era una dote.

No me querían a mí, ni mucho menos. Querían el dinero. Me sentía como una mosca pequeña atrapada en la tela de una araña astuta. Si moría Hari, ¿qué sería de mí? Me convertiría en una viuda y nadie me querría. Había oído historias de tiempos terribles, cuando tiraban a las viudas al fuego de las piras funerarias de sus maridos. No me imaginaba a Sass haciendo algo así, pero sentí un escalofrío sólo de pensarlo.

Estaba muy enfadada con los Mehta, pero después de oír la terrible tos de Hari durante todo el día, comencé a pensar que si el Ganges curaba a Hari, quizá nuestra boda no sería una cosa tan mala.

Aquella noche, cuando el *baap* de Hari regresó a casa, hubo una pelea terrible en la habitación de Hari. Oí la voz de Hari y después la de su *maa* y su *baap*. Todos gritaban. Cuando Hari comenzó a toser, su *maa* se echó a llorar. De pronto se escuchó un golpe muy fuerte. Yo me sobresalté:

—¿Qué ha sido eso? —pregunté a Chandra.

—Es Hari, que ha tirado algo al suelo. Lo hace siempre, cuando no se sale con la suya.

—¿Tus padres le permiten que se comporte así?

—Jamás le regañan. Dejan que haga lo que quiera porque es su único hijo y está muy enfermo.

Oíamos voces irritadas a través de las paredes delgadas:

—Hari, tienes que entrar en razón —decía su *maa*—. Ella sería un estorbo y no podemos permitírnoslo.

—No pienso ir sin ella —gritaba Hari con voz ronca—. Ahora es mi esposa. Si vamos es gracias a su dinero.

El *baap* de Hari trataba de hacer callar a su mujer.

—Estas discusiones son muy malas para Hari. Déjalo. Podemos sacar un billete infantil en el tren para la chica, y no comerá mucho.

—Decidle que venga a verme —dijo Hari.

La madre de Hari parecía cansada.

—Ya te has salido con la tuya. Ya basta. Ahora debes descansar.

—Quiero verla.

Se escuchó otro golpe.

Un momento después la *maa* de Hari estaba de pie a mi lado.

—Ve con tu marido —dijo con voz enfadada.

Estaba sentado en su cama, con las mejillas más coloradas que nunca. Tenía un gesto travieso en la cara.

—Lo he arreglado todo para que puedas venir con nosotros —dijo—. Debes contarme más historias sobre tu pueblo y la gente que vive allí. Debes obedecerme.

Me entraron ganas de decirle que él era de mi edad y además estaba en cama. No veía cómo podía obligarme a hacer algo, a no ser que yo quisiera hacerlo. Pero le estaba agradecida por lograr que sus padres me llevaran a Varanasi. Además, tenía miedo de que Hari empezara a toser o tirara algo si le contradecía.

Me senté en el suelo, junto a su *charpoy*, con las piernas cruzadas y comencé la historia del hombre que vino a pedirle a mi padre que escribiera al gobierno porque un tren del gobierno había matado a su vaca. Como todo el mundo sabe, las vacas son sagradas para los hindúes, así que era un asunto muy grave. El hombre estaba disgustado. Las cartas iban y venían. Al cabo de muchas semanas, el gobierno envió una carta diciendo que necesitaba una prueba de que la vaca había muerto. El hombre dijo que enviaría los huesos de la vaca. El gobierno contestó que no se podía saber de quién eran los huesos de la vaca. Podía enviar los huesos de la vaca de otra persona. El hombre estaba tan enfadado con el gobierno, por dudar de su honestidad, que no quiso enviar más cartas. Dos años después llego al pueblo un hombre del gobierno, con una bonita vaca para el hombre, pero el hombre dijo que el gobierno le había insultado y se negó a aceptar la vaca.

Hari rió con tanta fuerza al oír la historia que su tos empeoró y su *maa*, enfadada, me echó del cuarto.

Más tarde, aquel día, vino un doctor. Después de examinar a Hari, se quedó en el patio hablando con la *maa* y el *baap* de Hari. Yo me acerqué a escondidas para escuchar:

—Pueden hacer lo que quieran —dijo el doctor—, pero si fuese mi hijo, no lo sometería a un viaje así —la voz del doctor era seria—. No puedo darles muchas esperanzas. Su tuberculosis es un tipo nuevo, que no responde a la medicación. Aun así, si guarda reposo total le pueden quedar semanas, quizá meses de vida.

Cuando el médico se marchó, la *maa* de Hari preguntó con voz impaciente:

—¿Es que vamos a escuchar a un hombre así cuando nos esperan las aguas del Río Ganges?

El *baap* de Hari dijo:

—El médico es un hombre culto. Yo creo que sabe lo que dice.

—Puede que sepa mucho de medicina, pero ¿qué sabe de los poderes curativos del Ganges?

Como siempre, el *baap* de Hari dejó que su esposa tomara la decisión. Aquella noche vino el *bhagat*, el curandero del pueblo, y recitó cánticos sobre Hari mientras le frotaba con las hojas de un árbol de *nim* para darle fuerzas para el viaje a Varanasi, a la mañana siguiente.

III

Aquella mañana hubo mucho ajetreo para preparar el viaje. Cuando llegó la carreta que nos llevaría a la estación de tren, sacaron a Hari bajo una pequeña tienda de tela para protegerlo del polvo del camino. Una mujer del pueblo vino a quedarse con Chandra. Las dos nos despidieron, de pie en el patio.

—Ojalá pudieras venir —susurré a Chandra.

Ella se limitó a sacudir la cabeza. Sus ojos tristes parecían decir que era una tontería esperar una cosa así.

—Cuando vuelvas —dijo—, no tendré más que tocarte para compartir tu *darshan*, tu visión del sagrado Ganges. Con eso me conformo.

Le di un beso a Chandra y me despedí. Por un momento deseé poder quedarme allí. Nos imaginaba a las dos sentadas en el patio, charlando bajo el árbol de mango, sin que Sass nos regañara y sin tener que preocuparnos por Hari.

Cuando estaba a punto de marcharme, Chandra dijo:

—Si pasa algo, encárgate de ponerle a Hari una guirnalda de caléndulas de mi parte.

Se dio media vuelta y entró corriendo en casa. Cuando me di cuenta de a qué se refería, sentí un escalofrío.

Ni siquiera habíamos llegado a la estación de tren cuando comencé a comprender que aquel viaje iba a ser muy duro para Hari. El sol pegaba en la tienda y el polvo se colaba por los tablones del suelo de la carreta. El camino era muy malo y la cabeza de Hari se balanceaba sobre su cuello como una flor demasiado grande para el tallo. Se quejaba de que tenía calor y sed. Sass le dio agua dos veces y aun así no paraba de toser.

En el tren fue aún peor. Todo el placer de mi primer viaje en tren desapareció ante la preocupación por Hari. Nos apretujamos en el vagón de tercera clase junto con una avalancha de gente. Sentía codazos en las costillas y los pisotones de la gente que tropezaba con mis pies. Todos llevaban paquetes. Había mucha gente que estaba enferma como Hari y se dirigía al Ganges buscando una curación, pero todos eran mayores. Cuando los pasajeros del vagón de tren vieron lo enfermo que estaba el pequeño Hari le hicieron un sitio para que al menos pudiera sentarse. La multitud y el calor hacían que fuera difícil respirar. Sassur intentaba en vano proteger a Hari de la gente mientras Sass, agachada, le abanicaba con una hoja de palma.

Cuando el tren estaba a punto de partir, observé que cargaban varias urnas en el compartimento de equipajes del tren. Sabía que contenían las cenizas de personas muertas. Las llevaban a Varanasi para esparcirlas sobre el Ganges. Pensé que no era un buen augurio que Hari viajara en un tren con tantos muertos. Quería creer que el Ganges lograría que Hari mejorara, pero cuando miraba a Hari, mi esperanza se desvanecía como un ratón asustado que se esconde en un agujero oscuro.

El viaje duró cuatro horas. Llevábamos arroz hervido y un melón para repartir. Sass insistía para que Hari tomara un poco, pero él se negaba a comer. Pasó casi todo el tiempo dormido y fue una bendición, porque mientras dormía tosía menos. Una vez, al mirar a Sass, vi que unas lágrimas resbalaban por sus mejillas.

Desde la ventanilla del tren contemplé kilómetros de llanura que pasaban a toda velocidad. Cuando nos acercábamos a un pueblo, el tren iba más despacio, se detenía y nos daba a todos una buena sacudida. El frenazo del tren despertaba a Hari, que miraba a su alrededor desconcertado y después volvía a quedarse dormido. En cada parada subía más gente que se abría paso a empellones por el vagón para amontonarse en el poco espacio que quedaba. Una vez, al mirar por la ventanilla, vi unas lavanderas que extendían unos *saris* para secarlos al sol, largas piezas de amarillo y azul y rosa sobre los campos verdes. En una parada oí que gritaban el nombre de un pueblo. Conocía bien aquel lugar; desde mi pueblo se podía ir andando. Tuve que contenerme para no saltar del tren y echar a correr por el camino polvoriento que me resultaba tan familiar, hasta llegar a mi casa y mi *maa* y mi *baap* y mis hermanos. Ellos no sabían que yo estaba tan cerca. Pero, a pesar de todo, aunque tenía muchas ganas de verlos, sabía que, después de todos los sacrificios que habían hecho por mi dote, sería una deshonra para ellos que regresara a casa.

Llegamos a Varanasi a última hora de la tarde. La ciudad, con todo su ajetreo, parecía demasiado grande para nosotros. Nos llevó un tiempo averiguar en qué dirección debíamos ir. Avanzábamos con dificultad entre multitudes de mendigos. Sassur se detenía para echar monedas en sus tazas, porque dar limosna atrae el favor de los dioses. Llevaba en la mano la dirección de su viejo amigo, el señor Lal, un estudioso *brahman* que nos había invitado a quedarnos en su casa. Sassur encontró dos *rickshaws* tirados por bicicletas. Después de regatear con los hombres de los *rickshaws*, Sass instaló a Hari y Sassur en uno de ellos y me indicó que me sentara con ella en el segundo.

Las calles estaban abarrotadas de motocicletas, automóviles y bicicletas que arrastraban los caballos. La gente se agarraba a los autobuses como un enjambre de abejas a una rama. Vacas, perros y cabras se movían entre el tráfico. Incluso llegué a ver un camello.

Hari tenía la cara sonrojada y, como yo, miraba a su alrededor sorprendido.

—¡Mira allí! —susurró con voz ronca.

En aquella ciudad había quince mil templos, cada uno más espléndido que el anterior, pero él señalaba la gran mezquita de Aurangzeb, el lugar de culto de los musulmanes de la ciudad. Sus ocho torres eran como lámparas suspendidas del cielo.

Justo antes de girar hacia una calle estrecha, vislumbramos el Templo Dorado de Vishvanath y el propio río, Maa Ganges.

—¿Cuándo iremos? —preguntó Hari con voz débil.

—Cuando hayas descansado, Hari —dijo Sassur.

Hari cerró los ojos y no respondió. Su silencio me destrozaba el corazón. Toda la hosquedad y el carácter de Hari se habían desvanecido y sin ellos Hari parecía desaparecer también.

El señor Lal y su esposa nos dieron una calurosa bienvenida. Eran mayores y de buena presencia. No fui presentada como la esposa de Hari. Creo que me tomaron por su hermana. Me pregunté si los padres de Hari se avergonzaban de reconocer ante aquel hombre de aspecto digno que habían casado a un hijo tan joven y tan enfermo para conseguir dinero. La señora Lal trajo *dal* y *chapatis* para comer. El señor Lal trajo una jarra pequeña de agua. Se la tendió a Hari con gran ceremonia. En un tono solemne dijo:

—Es del Ganges.

Todos nos quedamos mirando. Contuvimos la respiración esperando algún tipo de milagro, mientras Hari bebía el agua. Pero no ocurrió ningún hecho extraordinario, tan sólo que Hari sufría otro ataque de tos.

Aunque todo el mundo estaba ansioso por llevar a Hari al río, él estaba demasiado débil para ir, después del viaje. Justo antes de acostarnos a dormir, la señora Lal le dio a Sass un poco de aceite de mostaza y alcanfor para frotarle el pecho a Hari. A la mañana siguiente tenía mejor aspecto.

Después de una comida rápida de té y lentejas nos pusimos en camino. Pagaron a dos hombres para que transportaran la camilla de Hari. Con el señor Lal, Sass y Sassur, comenzamos nuestro peregrinaje hacia el Templo Dorado. Apenas podíamos movernos porque, como nosotros, media ciudad se dirigía hacia el río. Había mujeres que llevaban *saris* del color de joyas, muchos de ellos tejidos con hilos dorados. Había hombres santos con la cara cubierta de ceniza que no llevaban nada puesto. Había *janis* que ocultaban sus caras detrás de una máscara para evitar respirar un insecto y así matar un ser vivo, porque iba contra su religión. Había *sikhs* del Punjab que jamás se cortaban el pelo, sino que lo recogían bajo sus turbantes. Vestidos con sus túnicas de color azafrán, los *sadhus*, hombres santos, estaban por todas partes. Llevaban cuencos para pedir y sus cánticos llenaban el aire.

Al mirar en el interior de los templos, veía a los sadhus santos sentados en filas largas, con el pecho desnudo, las cabezas afeitadas, sujetando lámparas sagradas y acompañando sus cánticos con campanillas. Las palomas entraban y salían volando por las puertas abiertas de los templos. Miré a Hari para ver si estaba tan sorprendido como yo ante aquellas imágenes. Cuando nuestras miradas se encontraron, una leve sonrisa se dibujó en su rostro. Pensé que quizá me estaba diciendo que tenía que darle las gracias a él por este viaje tan maravilloso.

Al fin llegamos al Templo Dorado de Vishvanath. Un *ghat*, un tramo de escaleras largo y ancho, conducía al río.

Con los dos hombres que sujetaban la camilla de Hari, avanzamos por el *ghat*, abriéndonos paso entre la multitud. Hari tenía que agarrarse a la camilla para no caerse.

En la orilla del río las mujeres lavaban la ropa y hasta ollas y sartenes. Había barberos que cortaban el pelo, unos perros y una vaca merodeando, dos niños que volaban cometas. Vimos personas con todo tipo de enfermedades, algunas no podían caminar, otras estaban tan delgadas y consumidas como Hari; algunas sufrían terribles dolores y deformidades. Apenas podía soportar ver tanta desgracia. Aunque las expresiones de sus rostros no eran tristes. No reflejaban esperanza, sino paz. Hasta Hari parecía más cómodo y resignado.

El gentío a ambos lados y a nuestras espaldas nos empujó hacia delante. Ante nosotros estaba Maa Ganges. Cuando los peregrinos alcanzaban el río marrón verdoso se metían directamente en el agua. Miraban en dirección al sol de la mañana y comenzaban sus *pujas*, recitaban sus oraciones y hacían ofrendas de flores o grano. Los *saris* de las mujeres que vadeaban el río flotaban como pétalos de nenúfares. Más allá de los peregrinos, cientos de pequeñas barcas surcaban el río.

Sassur y el señor Lal ayudaron a Hari a bajar de su camilla y lo metieron en el agua. Cuando el agua se deslizó por su cuerpo, Hari parecía sorprendido, como si no pudiera creer que por fin, después de tanto tiempo, Maa Ganges lo estuviera envolviendo.

Yo no sabía si me permitirían entrar en el agua. Cuando miré a Sass, ella asintió. Era una hora muy temprana y sentí el agua fría en las piernas. Me quedé expectante, sin saber qué esperar. Hari estaba demasiado débil para meterse en el río por su propio pie, pero ahora el río parecía fortalecerle. Se había quitado la camisa para bañarse y vi sobre su hombro izquierdo el hilo sagrado que se entrega a los niños *brahman* cuando alcanzan la mayoría de edad.

Me dijo:

—Mírame, Koly. Mira cómo floto. Prueba tú.

Hari jugaba en el agua, hasta me salpicaba. Por primera vez vi cómo debió de ser antes de ponerse tan enfermo. Pensé que se parecía mucho a mis hermanos.

Sassur estaba escandalizado:

—Esto no es un juego, hijo. Es un río sagrado y hay que tratarlo con respeto.

Aunque le regañaba, noté que se alegraba de ver a Hari tan animado.

Aquella vivacidad de Hari no duró mucho. Tuvieron que ayudarlo a salir del río. Estaba temblando y tenía fiebre. Cuando regresamos a casa del señor Lal, acostaron a Hari inmediatamente. Tosía tanto que llamaron a un médico de Varanasi. El médico llevaba un traje formal negro y un maletín negro. Cuando por fin salió de la habitación de Hari tenía un aspecto muy serio. Hablando en voz baja para que Hari no pudiera oírlo, el doctor dijo:

—Siento tener que decir esto, pero el chico está gravemente enfermo. No hay nada que se pueda hacer.

Me llevó un momento comprender lo que quería decir el médico. Me viré hacia Sass y nos abrazamos. Las dos estábamos llorando. Si ella había querido que yo me marchara, o yo la había considerado cruel, ahora ninguna de las dos pensaba en esas cosas. Lo único que teníamos en la mente era nuestra preocupación por Hari. No había conocido a Hari mucho tiempo, pero recordaba los versos que el sacerdote pronunció en nuestra boda: "Yo soy las palabras, tú la melodía; yo la semilla, tú la portadora; el cielo yo, la tierra tú". ¿Cómo podía cumplirse aquello si faltaba uno de los dos? No comprendía qué nos sucedía a Hari y a mí.

Cuando se marchó el médico, el señor Lal dijo con su voz suave:

—Al menos vuestro hijo morirá en Varanasi.

Aunque sus palabras tenían la mejor intención, poco sirvieron para consolarnos.

Aquella noche nadie pudo dormir. La tos de Hari era cada vez más fuerte. Escuché las voces y los pasos de gente que iba y venía apresuradamente. El médico regresó en plena noche. Cuando entró en la habitación de Hari, todo quedó en silencio. Al cabo de un momento escuché un llanto terrible. Sabía que era Sass y que sólo podía haber un motivo para un llanto así. Me acurruqué formando una pelota tan pequeña como pude y me tapé la cabeza con la colcha para ahogar aquel sonido aterrador.

Cuando Sassur vino a hablarme de la muerte de Hari, yo no quise escuchar. Se sentó a mi lado y me puso la mano en el hombro:

—No debimos dejar que te casaras con nuestro hijo —dijo—. No hemos sido justos contigo. Sólo queríamos que se curara. Pensamos que si conseguíamos traerlo al río santo, habría una oportunidad. Ahora serás como una hija para nosotros.

Por fin escuché sus pasos pesados que se alejaban.

No me importaba lo que dijera mi *sassur*, yo sabía que Sass jamás me consideraría como una hija. Ahora ya no era nada. No podía regresar con mis padres y volver a ser su hija. Ya no era esposa ni *bahus*, nuera. Sí, pensé, soy algo. Soy una viuda. Y me eché a llorar.

Por la mañana el cuerpo de Hari fue envuelto en una sábana y cubierto con guirnaldas de caléndulas. Le puse una de las guirnaldas de parte de Chandra. Hari fue transportado por las calles sobre una plataforma de bambú, hasta la orilla del Ganges. Detrás de la plataforma caminábamos el señor Lal y su esposa, los padres de Hari y yo y un sacerdote que era amigo del señor Lal. Mientras caminábamos, cantábamos una y otra vez "Rama nama satya hai", "El nombre de Rama es verdad".

Esta vez la gente no pasaba de largo, sino que se apartaba un poco para dejarnos pasar. Algunos hombres se unieron a nuestros cánticos y nos acompañaron durante un trecho. Aquella mañana había muchas procesiones como la nuestra y todas se dirigían al Ganges. Algunas de las procesiones iban acompañadas de música y baile, porque el dolor se mezclaba con la felicidad de que la muerte hubiera ocurrido en Varanasi.

Sólo los hombres acompañaron el cuerpo de Hari a la *Manikarnika Ghat* para su cremación. Después, las cenizas de Hari se esparcirían sobre el Ganges para liberar su alma y devolver su cuerpo al fuego, el agua y la tierra. Mientras las tres mujeres aguardábamos a una distancia respetable, nos abrazábamos. Oía a los hombres recitar cánticos por los muertos; la voz de Hari debía ir al cielo, sus ojos al sol, su oído al paraíso, su cuerpo a la tierra y sus pensamientos a la luna. Finalmente escuchamos las palabras "Amar rahain", "Vive eternamente", y concluyó la ceremonia.

Cuando los hombres regresaron, nos dirigimos en silencio hacia la casa de los Lal. Al pasar por el Templo Dorado, una paloma hizo una pirueta justo encima de nuestras cabezas. Yo sabía que el alma de los muertos ronda un tiempo y aquella paloma que se lanzaba en picado se parecía mucho a Hari.

Antes de marcharnos de Varanasi, Sass me compró un *sari* barato de algodón:

—Así visten las viudas —dijo.

IV

Al regresar a casa con los padres de Hari, todo cambió. Pasábamos de puntillas junto a la habitación donde dormía Hari, como si cualquier sonido pudiera despertarle. Yo sentía su ausencia más de lo que había sentido su presencia. Se hablaba poco en la casa. Todos cumplíamos con nuestras tareas en silencio. Pasaban los días y Sass apenas me decía nada, sólo se dirigía a mí para darme una orden o para regañarme por no cumplirla como ella deseaba.

Me alegraba tener la compañía de Chandra. Cuando Chandra lloraba por su hermano, nos abrazábamos. Cuando yo me despertaba en mitad de la noche y encontraba la habitación llena de fantasmas, el sonido tranquilizador de su respiración suave los ahuyentaba. Ella me contaba cómo era Hari de niño. Yo le hablaba de mis hermanos.

Chandra tenía revistas de cine y las veíamos juntas. Una noche entró un murciélago por la ventana volando y nos escondimos, riendo, bajo las sábanas hasta que se fue.

A las pocas semanas de la muerte de Hari, Sass me dijo que me pusiera mi *sari* blanco de viuda.

—Vamos al pueblo —dijo, pero no quiso decir por qué.

Me hizo apurar el paso cuando pasamos por las afueras del pueblo, donde los intocables tenían casas hechas de pedazos de metal y cajones viejos.

—No debes dejar que su sombra te toque —me advirtió—, o te contaminará.

Sass parecía alegrarse de ver que alguien estaba peor que ella, mientras que yo no podía creer que existiera alguien más desgraciado que yo.

Sass me llevó a una oficina del gobierno, donde había un funcionario vestido con traje, camisa, corbata y chaqueta. Mientras nos acercamos al funcionario, Sass me advirtió en voz baja:

—No será necesario que hables. Yo se lo explicaré.

—¿Qué hay que explicar? —susurré.

Sass se limitó a tirarme del brazo y de un empujón me metió en la oficina.

—Señor —dijo Sass al hombre—, mi hijo ha muerto. Ésta es su viuda. ¿No tiene el gobierno nada para ella?

El hombre me echó una mirada rápida, y después de decir que sentía mucho oír que Hari había muerto, nos entregó unos papeles para que Sass y yo los firmásemos. Como ninguna de las dos sabíamos leer, Sass dijo que los llevaría a casa para que los leyera su marido, que tenía estudios. Después los devolvería con nuestras marcas.

Cuando salimos de la oficina, pregunté:

—¿Qué tiene el gobierno para mí?

Sass esquivó mi pregunta:

—Es una forma de hablar. Los papeles son sólo para registrar la muerte de Hari.

Yo estaba segura de que había algo más, pero al mencionar la muerte de Hari ella se echó a llorar y yo no podía hacer otra cosa que seguirla mientras ella regresaba a casa con su tristeza.

Después de aquello, cada mes llegaba un sobre para mí con un sello del gobierno:

—Son asuntos oficiales —decía Sass, cuando se lo entregaba el cartero—. Tú no tienes que preocuparte.

La tristeza por la muerte de Hari hizo que Sass se quedara resentida. Sus palabras duras zumbaban a mi alrededor y picaban como avispas.

—Tu dote no salvó a Hari y ahora tenemos que cargar con una boca más que alimentar —me reñía.

Hacía que mi propio nombre me resultara odioso. Se pasaba el día gritándolo por toda la casa y el patio: "¡Koly, necesitamos agua!"; "¡Koly, barre el patio!; Las ocas lo han ensuciado"; "¡Koly, la ropa que has lavado sigue sucia!"; "¡Koly, las especias que has molido para hacer *masalas* están demasiado gruesas!".

Yo hacía lo que podía, agradecida por tener una cama donde dormir y comida que llevarme a la boca. Cada mañana me levantaba antes de que el sol se tragara la oscuridad.

Era tan temprano que me sentía como si fuera la única persona despierta en el mundo. Hacía una respetuosa *puja*, arrodillada frente al altar de la casa. Me lavaba bien en el patio y me cepillaba los dientes con una ramita del árbol de nim. Recogía hojas secas para prender el estiércol de la estufa y poder tener el agua del té hirviendo cuando se despertara la familia. Amasaba el estiércol de vaca para darle forma de tortas y las pegaba en la pared, con la huella pulcra de una mano en cada una. Cuando el sol las secara, servirían para alimentar el fuego. Corría al pozo para sacar un cubo de agua. Cuando recoges agua en la palma de la mano, no pesa nada, ¡pero si la metes en un cubo pesa como una piedra! Tiraba ramitas al *bandicut*, la horrible rata que vivía bajo la casa, para evitar que se llevara nuestra comida.

Me habría conformado con que Sass me hubiera dejado tranquila con mis tareas. Así habría tenido en mi interior un pequeño lugar donde refugiarme, un lugar en el que poder envolverme, como el capullo que fabrica una oruga. Puedes tocar el capullo, pero no puedes tocar la pequeña criatura que está dentro, a no ser que lo rompas. Era lo que hacía mi *sass*, inquietándome y acosándome con sus eternas órdenes y regañinas.

Me gritaba:

—Eres peor que el *bandicut* que se esconde debajo de la casa y nos roba la comida. ¡Regresa con tus miserables padres!

Pero ella sabía tan bien como yo que no podía regresar a mi pueblo. Hubiera sido una vergüenza terrible regresar a casa de mis padres como un perro hambriento.

Para consolarme, comencé una colcha. Cuando le expliqué a Sass que la colcha sería una forma de recordar a Hari, por una vez no se enfadó conmigo, sólo me advirtió que acabara mis tareas antes de trabajar en la colcha. Me dio trozos de tela para la colcha y unas cuantas rupias para comprar hilo. Aunque fingía no interesarse por la colcha, incluso se quejaba de que estaba descuidando mis tareas, a veces la sorprendía mirando a ver qué había bordado. Bordé a Hari con su tocado de boda cuando los dos estábamos sentados ante el sacerdote. Puse el tren que nos llevó a Varanasi y a Hari chapoteando en el río. Finalmente puse la procesión hasta el Ganges, con el cuerpo de Hari cubierto de guirnaldas. Por todo el borde de la colcha hice una orla de insectos y mariposas.

En febrero, durante la noche de luna llena, oímos el sonido de los tambores en la distancia. Era Holi, la fiesta que celebra el amor del dios Krishna por la bella Radha. Al principio Sass no quería dejarnos ir al pueblo a Chandra y a mí. Durante la celebración de Holi se lanza sobre la gente un polvo rojo especial mezclado con estiércol de vaca y orín. Pero Chandra no dejaba de insistir y al final, después de prometer que nos pondríamos nuestros vestidos más viejos, nos permitieron ir. Me sorprendió que Sass decidiera venir con nosotras. Decía que era para asegurarse de que nos comportábamos, pero creo que se alegraba de tener una excusa para abandonar aquella casa tan triste.

Muy pronto todo el mundo estuvo cubierto con el tinte rojo. Los niños pequeños corrían por todas partes mojando a la gente con sus pistolas de agua. A última hora de la noche, cuando el baile se propasó, Sass nos llevó a casa corriendo. Pero por unas pocas horas conseguimos olvidar nuestros problemas.

Cuando llegó el calor, comencé a bordar la colcha en el patio, esperando que soplara algo de brisa. Día tras día teníamos que soportar un calor aplastante. Me habría gustado ser como las tortugas en los arroyos secos, escondidas en el barro, esperando la llegada de las lluvias para revivir.

A Chandra le encantaba mirar cómo bordaba:

—Tu aguja da vida a las imágenes —decía.

—Si quieres te enseño —me ofrecía yo, pero Chandra sacudía la cabeza.

—Prefiero mirarte —decía.

Chandra no era perezosa, sólo estaba un poco mimada. Por las mañanas la dejaban dormir hasta más tarde que a mí, le daban más comida y tenía menos tareas que yo, siempre más fáciles, como airear las colchas y las almohadas. Aún así, yo no podía enfadarme con ella por la forma en que me trataba Sass. Chandra siempre estaba dispuesta a ayudarme, pero no se complicaba mucho con las labores. Siempre estaba pensando en otra cosa… la forma de las nubes o el color de un *sari* que había visto en el mercado o, más a menudo, en el marido que algún día tendría.

Algunas veces me burlaba de sus fantasías, pero me alegraba de tenerla como hermana. Cuando Sass me gritaba, Chandra siempre encontraba una excusa para defenderme. Cuando le daban para comer alguna golosina que no me daban a mí, guardaba un poco a escondidas y me lo ofrecía cuando nos quedábamos a solas. Chandra había atado una cuerda al árbol de mango, con un nudo al final. Cuando Sass estaba ocupada en otro sitio, nos colgábamos de la cuerda y trepábamos a las copas de los árboles.

La mejor parte del día era la tarde, cuando Chandra y yo teníamos el patio para nosotras solas y nos bañábamos. Nos turnábamos para echarnos cubos de agua por encima. Nos quitábamos los *saris*. Sólo entonces, cuando el agua fresca me caía por encima, lograba olvidar las palabras hirientes de Sass y el sol implacable. Nos poníamos ropa limpia, seca, asegurándonos de que no se viera ninguna parte de nuestro cuerpo, para preservar nuestro pudor.

A veces me asomaba al cuarto de Hari. Los insectos se habían secado y caído al suelo. Las mariposas habían perdido su color. Ahora la habitación se usaba para almacenar harina y lentejas. Había un gato callejero que dormía allí a menudo. Me miraba con sus ojos marrones, traviesos, igual que hacía Hari. Uno de los libros de texto de Hari seguía tirado sobre el baúl. Nadie tocaba el libro y día tras día iba acumulando polvo. Aunque no sabía leer, a veces lo abría y miraba las palabras. Eran palabras que Hari había conocido.

Pensé que estaría bien tener un libro para mí. Al parecer nadie lo quería y comencé a pensar en pedirlo, aunque me preguntaba si mi petición se encontraría con una nueva sarta de regañinas. Una noche me armé de valor y me acerqué a Sassur.

De pronto dije:

—¿Puedo quedarme con el libro de texto de Hari?

Sassur siempre parecía sorprendido de ver que yo seguía allí. Se quedó mirándome un momento y después dijo:

—No vale más que una o dos rupias en el mercado. Quédatelo. Pero… ¿qué vas a hacer con él? ¿Sabes leer?

Sacudí la cabeza:

—He pensado que, si paso las hojas una y otra vez, a lo mejor aprendo.

Yo creía que Sassur se reiría de mi estupidez. En lugar de eso se quedó mirándome. Por primera vez desde la muerte de Hari le vi sonreír:

—No le digas nada a tu *sass*, pero ven todas las noches, mientras habla con las vecinas en el patio. Te enseñaré a leer y a escribir.

Aquella noche no pude mantener la buena noticia en secreto.

—Chandra —susurré—, tu *baap* me va a enseñar a leer. Tú también puedes aprender.

Chandra sacudió la cabeza:

—Yo no soy capaz de aprender una cosa así.

—Sí, claro que puedes.

—No me hace falta. Mis padres me están buscando un marido.

Después de aquello, cada noche iba a ver a mi *sassur*. Él me enseñó que cada palabra es una pequeña colección de letras. Era muy hábil con el lápiz. Por cada letra dibujaba un animal, un halcón o un cerdo, y escribía el nombre debajo de la letra. Cuando ya tenía todas las letras, dibujó una vía. Una locomotora tiraba de varias palabras, que formaban una frase. Fui descubriendo los secretos del libro, página por página. Y lo más emocionante es que Sassur me contó que había muchos libros y cada uno tenía su propia historia. A medida que fueron pasando los meses, me dio algunos de esos otros libros para leer. A Chandra y a mí no nos daban aceite para iluminar nuestra habitación por la noche. Para leer los libros tenía que llevármelos, escondidos en el *sari*, cuando iba a lavar al río. Lavaba la ropa a toda prisa, para poder dedicar algún tiempo al libro.

Esperaba con impaciencia aquellos paseos al río, porque me alejaban de Sass y de sus gritos. Estábamos en junio y hacía mucho calor. Las hojas secas del bambú se agitaban al viento. Con cada paso se levantaban nubes de polvo. A lo largo de la carretera veía mujeres aventando cestas de grano trillado, las nubes de cáscaras flotando con la brisa. Los campos de mostaza estaban llenos de flores doradas que exhalaban un dulce aroma cuando pasaba a su lado. Durante la estación seca sólo quedaba un hilo de agua llena de barro en el río. Aunque frotaba la ropa en las piedras, para limpiarla, a veces parecía más sucia cuando terminaba de lavar.

Aun así, me encantaba el río. A veces un pececillo plateado diminuto saltaba del agua para cazar una mosca. Los halcones volaban en círculos sobre mi cabeza. Libélulas de color verde brillante zigzagueaban entre los juncos. Había un martín pescador posado en una higuera, con el pecho rojo como una lengua de fuego. Me lavaba el polvo de los pies descalzos y me rociaba con agua para refrescarme. Recordaba a Hari salpicándome en el Ganges. Me preguntaba cómo habría sido mi vida como esposa de Hari.

Sabía que Hari había sido muy mimado y no habría sido fácil vivir con él, pero aun así estaba segura de que habría sido más feliz que ahora.

Algunos días en el río no leía mi libro, sino que me quedaba soñando despierta, como Chandra. Imaginaba que regresaba a mi pueblo, con mi *maa* y mi *baap* y mis hermanos. Quería imaginarme gestos de bienvenida en sus caras al verme regresar, vestida con mi *sari* de viuda. Por más que lo intentaba, no lograba ver aquella expresión en sus caras, ni sentir los abrazos de bienvenida. En lugar de eso los veía a todos en fila, en el patio, con el ceño fruncido y enfadados. Los oía enviarme de vuelta a casa de los padres de mi marido:

—Ahora tu sitio está allí —dirían seguramente.

A veces me imaginaba que huía, que vendía los pendientes para comprar un billete de tren a Varanasi. Pensaba en las emociones de la ciudad. Pero… ¿qué haría para ganarme la vida y dónde viviría? Recordé la cantidad de familias que vivían en las calles. Aunque daba vueltas en la cabeza a aquellas cosas una y otra vez, no veía cómo podía escapar.

A medida que los días de verano se fueron haciendo más y más calurosos, Chandra y yo comenzamos a pasar las tardes de pie en el patio, mirando hacia arriba, esperando que la lluvia nos refrescara. Un día, cuando ya habíamos perdido toda esperanza, llegaron unas nubes grises enormes, grandes y torpes como elefantes, empujadas por el viento. Al cabo de un momento un millón de cubos de agua cayeron sobre nuestras cabezas. Tomadas de la mano, bailamos y bailamos con las cabezas levantadas y la boca abierta. Se nos pegó la ropa al cuerpo y, bajo los pies, el polvo seco del patio se convirtió en barro suave que escurría entre los dedos.

Hasta Sass dejó de reñir y se quedó en un rincón apartado del patio dejando que la lluvia cayera sobre ella como si arrastrara parte de su dolor.

Ahora que había llegado el monzón, todo estaba mojado. Las colchas de las camas y la ropa se nos pegaba al pecho con olor a añublo. Por las noches las sandalias se quedaban verdes de moho. En todas las habitaciones caía agua del techo así que, cuando fuera llovía con fuerza, dentro chispeaba. Las paredes de adobe de la casa se volvieron aún más finas. Se hundió una parte del tejado.

De la noche a la mañana los campos marchitos de trigo y mijo se tornaron verdes. En los charcos, a lo largo del camino, criaban los mosquitos. No podíamos caminar muy lejos sin que nos acompañaran las serpientes. Estaban por todas partes, colgaban del árbol de mango y reptaban bajo nuestros *charpoys*, así que nos daba miedo dormir. Sassur tenía que venir a nuestra habitación, con una rama grande, y golpear a las serpientes invasoras hasta matarlas.

Aunque la lluvia nos refrescó, seguían las regañinas de Sass. Decía que frotaba poco la ropa y no estaba limpia o que la frotaba demasiado y se desgastaba. Un día me acusaba de poner poco agua en el arroz, y decía que estaba como papilla. Al día siguiente decía que no había puesto suficiente agua, y que el arroz estaba seco como el polvo. Si respondía, era descarada. Si me callaba, era huraña. Me di cuenta de que, por mucho que trabajara, jamás lograría complacerla.

Al final del verano se celebraba el cumpleaños de Krishna. Era fiesta nacional, y Sassur nos llevó a Chandra y a mí al pueblo, a ver los fuegos artificiales. Los colores estallaban como puñados de pétalos lanzados al cielo. Había monos adiestrados y estorninos muy listos que habían aprendido a hablar. Había un hombre que montaba una bicicleta sobre una cuerda floja y un encantador de serpientes que tenía una cobra tan vieja y perezosa que no salía de su cesta si no la volcaba. Sassur nos dio unas monedas para que compráramos algodón de caramelo. Nos comimos medio cada una y nos echamos a reír al ver cómo teníamos la cara pegajosa de azúcar rosa.

Aunque Sassur era amable conmigo y me había enseñado a leer, no podía pedirle ayuda. Todas las mañanas se marchaba temprano a la escuela y volvía a casa con exámenes para corregir. Le pagaban muy poco por su trabajo y a menudo parecía preocupado.

—¿Es muy duro ser profesor? —le pregunté una vez.

—Enseñar no es duro, pero mis estudiantes son irrespetuosos y maleducados. Me esconden las gafas para que no pueda leer la lección. La semana pasada me pusieron un escorpión en la mesa.

—¿Cómo puede ser? Deberían estar agradecidos.

Él me sonrió:

—Ay Koly, ojalá mis estudiantes tuvieran tantas ganas de aprender como tú.

Sassur tenía que soportar algo más que las bromas de los estudiantes. Cuando estaba en casa, Sass siempre se quejaba de lo pobres que eran y de cómo otra gente tenía más dinero. Creo que Sassur se sentía tan desgraciado como yo.

Me parecía que mi *sassur* sólo revivía cuando tenía un libro en la mano. Ahora que yo sabía leer, a menudo sacaba un libro de poemas del gran poeta hindú Rabindranath Tagore. El libro tenía una hermosa cubierta de cuero con el título en letras doradas. Las guardas estaban forradas con un papel de bonitos colores. Lo más impresionante era la firma del propio Tagore en el libro.

—Firmó el libro para mi *baap* —dijo Sassur—. Mi *baap* asistió a una lectura de sus poemas. Este libro ha pasado de padres a hijos pero ahora… —lanzó un suspiro y supe que pensaba en Hari, así que comencé a leerle a Sassur un fragmento de mi poema favorito.

Era sobre una bandada de pájaros que surcaba el cielo día y noche. Entre ellos había un pájaro sin hogar, que siempre volaba en otra dirección.

Un día Sass nos sorprendió leyendo. Se enfadó mucho.

—¿Qué le estás enseñando a esa niña? —exclamó—. No me extraña que olvide hacer sus tareas.

Sass desconfiaba de los libros, los trataba como si fueran escorpiones y pudieran picarla. Desde entonces, si me sorprendía leyendo, me llamaba perezosa y me daba alguna tarea o me mandaba al pueblo a hacer algún recado. Pero me daba igual lo que pensara Sass, los secretos de los libros eran míos y por mucho que lo intentara no podría arrebatármelos.

Seguía arrodillándome ante el altar de la casa cada mañana, pero ahora rogaba a Krishna poder encontrar una forma de escapar. En los libros había leído que, de niño, Krishna había sido muy travieso. Ahora, yo también me había vuelto muy traviesa. La leche que yo batía no se convertía en mantequilla. El grano que molía para los *chapatis* tenía pedacitos de cáscara que se nos metían entre los dientes. En el huerto arrancaba las plantas de patata y dejaba las raíces. Las tortas de estiércol que hacía se rompían, de modo que el fuego se apagaba. Un día, metí una rana muerta en la jarra de agua. La jarra era de latón, así que nadie se dio cuenta de que había una rana, hasta que no se bebieron todo el agua. Dejaba la suciedad de las ocas donde sabía que Sass la pisaría. Miraba hacia otro lado cuando el *bandicut* se comía los mangos.

Pero tenía cuidado con una cosa. Jamás derramaba la sal, porque mi *maa* me había dicho que en la otra vida tienes que barrer cada grano de sal que has derramado y no quería perder el tiempo haciendo eso.

—¿Por qué haces enfadar a mi *maa*? —me preguntaba Chandra—. Es como una de esas hormigas rojas que se te suben por todas partes y te pican y te pican.

Sabía que lo que decía Chandra era cierto, pero también sabía que no podía ir por ahí arrastrándome como un perro apaleado. Había oído hablar de familias que asesinaron a las viudas de sus hijos para deshacerse de ellas. Aunque sabía que Sass jamás haría una cosa así, estaba convencida de que sería capaz de matar mi espíritu con su rencor si yo no me defendía.

No dejaba que las regañinas de Sass me afectaran como antes. Ella se hizo más pequeña en mi mente. Tenía a

Chandra para consolarme, porque ya éramos como hermanas y, cada noche, después de terminar mis tareas, mis libros me daban la bienvenida. Así pasaron dos años y entonces comenzaron los susurros en la casa. Sass y Sassur hablaban en voz baja. Chandra comenzó a sonreír con un gesto misterioso. Una noche me confesó:

—El *gataka* me ha encontrado un marido.

V

Pronto Sass y Sassur consultaron a un astrólogo y Chandra bailaba de emoción:

—El astrólogo sacó sus tablas y después de estudiarlas con cuidado dijo que el dos de enero era el día más propicio —me dijo, dándose importancia—: El *gataka* ha hecho un trabajo estupendo. El novio, Raman, tiene diecinueve años y ha estudiado con los misioneros. Ya ha escrito a un tío suyo que le ha prometido conseguirle un trabajo con ordenadores.

—¡Ordenadores! —había oído a mi padre hablar de ellos.

"Un día los escribientes como yo dejaremos de cumplir nuestro papel", se quejaba. "En lugar de eso pondrán una máquina en el mercado. La máquina sabrá escribir las cartas, desde luego, pero las palabras que escriba la máquina carecerán de elegancia y corazón."

Dije a Chandra:

—Tu novio debe de ser muy culto —aunque estaba impresionada, me preocupaba una cosa—. Chandra, ¿cómo sabes si le querrás? —pregunté—. No lo has visto nunca.

Aunque había muerto y yo sabía que no debía pensar mal de él, recordé lo mucho que me había desilusionado al ver a Hari.

—Aprenderé a quererle —dio Chandra—. Antes de que vinieras a nuestra casa, no te había visto nunca y aprendí a quererte.

—¿Y si él no es bueno contigo?

—Si soy una buena esposa, será bueno conmigo.

Deseaba que Chandra tuviera razón, pero no podía evitar recordar un puesto en el bazar donde Chandra y yo habíamos estado revolviendo en un montón de pendientes desparejados. Estuvimos buscando, esperando encontrar dos que hicieran pareja. ¿Y si era igual de difícil encontrar dos personas que hicieran pareja?

Quería alegrarme por Chandra, pero en el fondo me sentía triste. La boda me traía el recuerdo de mi propio fugaz matrimonio, toda la ilusión y el placer y mis esperanzas que se desvanecieron sin dejar rastro. Además, sabía que echaría mucho de menos a Chandra. Ahora, cuando Sass me regañaba todo el día sin parar, podía soportarlo, porque sabía que por la noche podía susurrar mis quejas al oído de Chandra. Pronto no quedaría nadie para consolarme.

Un día, cuando ya se acercaba la boda de Chandra, vino Sass.

—No tenemos dinero para comprarle a Chandra un *sari* nuevo —dijo—. Tienes que darle tu *sari* de boda. Tú no necesitas nada más que tu *sari* de viuda.

Me habría gustado decirle que no quería pasarme el resto de mi vida vestida de viuda, pero sabía que Sass se escandalizaría al oír aquellas palabras. Así que observé en silencio mientras Chandra se probaba mi *sari* y no dije nada. Con su figura femenina, su sonrisa y sus ojos brillantes, estaba preciosa.

—También tienes que darle a Chandra tus pendientes de plata —dijo Sass.

Sacudí la cabeza obstinadamente. No renunciaría a los pendientes. Mientras los tuviera, podía conservar mi sueño de escaparme. Sabía que si me negaba, simplemente, Sass hallaría el modo de hacer que se los diera. Así que mentí:

—Los he perdido —dije.

—¡No te creo! —gritó Sass— ¡Eres una niña malvada! Durante todo este tiempo te hemos dado un techo para cobijarte y te hemos alimentado. Así es como nos lo pagas, con tu egoísmo.

Debería haberme callado, pero no fui capaz:

—He trabajado para ganarme la comida —dije—, y más que nadie.

Sass entrecerró los ojos como hacía siempre que estaba muy, muy enfadada. Con voz ronca dijo:

—Tú no sabes lo que es trabajar. No haces más que holgazanear y soñar despierta con tus estúpidos libros y tus bordados. Yo me encargaré de que, a partir de ahora, te ganes el pan.

Aquella noche, en lugar de dormir, salí en silencio al patio. No quería arruinar la felicidad de Chandra, con mi tristeza. Mientras estaba sentada, pensando si debía rendirme y entregar los pendientes, oí que *Sass* se quejaba de mí a Sassur:

—Es una chica horrible, no quiere darle los pendientes a Chandra. Estoy segura de que aún los tiene. He registrado su habitación, pero no los encuentro. En qué mal día vino esa niña a vivir a nuestra casa.

—No es mala chica —dijo Sassur con voz cansada—. Piensa en lo que es su vida sin Hari. No le queda ninguna ilusión. Recuerda que, sin su dote, jamás habríamos tenido dinero para ir a Varanasi, y que desde hace dos años su pensión de viuda ha contribuido a la dote de Chandra.

Sus últimas palabras fueron como una bofetada.

¿Pensión de viuda? No quería seguir escuchando y entré corriendo a buscar a Chandra, que ya se había dormido. La sacudí para despertarla.

—¿Chandra, es eso cierto? ¿Se han quedado con mi pensión de viudedad para tu dote?

Chandra se incorporó en la cama y me miró sorprendida:

—¿Es que no lo sabías? —parecía asustada—. ¿No me quitarás la pensión ahora, verdad? Si lo haces, me quedaré sin marido.

Estaba muy enfadada, pero no tanto como para arruinar la felicidad de Chandra. Sacudí la cabeza. No culpaba a Chandra por tomar lo que me pertenecía por derecho, aunque sabía que yo no le habría hecho lo mismo a ella. Ahora estaba más decidida que nunca a quedarme con los pendientes de plata. Me servirían para comprar un billete de tren. Y, gracias a la pensión, no me moriría de hambre.

Tardé toda la noche en reunir el valor necesario, pero por la mañana me acerqué a Sass. Con las manos entrelazadas detrás de la espalda, respiré hondo y dije, en una voz más débil de lo que me habría gustado:

—La próxima vez que venga un sobre del gobierno para mí, quiero que me lo entreguen a mí.

Por un instante, Sass pareció asustada, pero después, rápidamente, dijo:

—Si te refieres a las pocas rupias que te envían todos los meses, no creo que te debamos nada. Apenas sirven para pagar tu manutención —me lanzó una mirada de triunfo—. De no ser por nuestro hijo, no serías viuda. Así que no tendrías ni una rupia.

Se marchó de la habitación.

Me quedé allí, derrotada, mirando cómo se iba. Era como una enorme roca, que me encerraba en una cueva. No podía moverla y tampoco podía dar un rodeo.

Aunque estaba muy enfadada con Sass, quería regalarle algo a Chandra por su boda.

—Ojalá tuviera dinero para comprarte un regalo —dije.

Chandra se quedó pensativa un instante:

—¿Podrías hacerme una colcha? —preguntó—. Así la llevaré conmigo y, si siento nostalgia, podré sacarla para acordarme de ti. Pon todas las cosas que hemos hecho juntas.

—Tu *maa* está enfadada conmigo por los pendientes y no querrá darme tela para la colcha, ni dinero para comprar hilo.

Estaba equivocada. Cuando Chandra se lo pidió, Sass dijo:

—No estaría mal que tu dote incluyera una colcha. Dejaré que haga una, si no descuida sus tareas.

Bordé un dibujo de nuestra pequeña habitación, las dos sentadas en nuestros *charpoys*, con las piernas cruzadas, con enormes sonrisas en la cara. Se nos veía bailando bajo la lluvia. Estaba el río, donde íbamos a lavar la ropa y el martín pescador, que nos miraba desde una rama. Se nos veía sentadas juntas frente al aparato de televisión del pueblo. Bordé los colores de los fuegos artificiales que estallaban en el cielo el día del cumpleaños del dios Krishna y a las dos llenas de polvo rojo, en la celebración del Holi. Hice un bordado donde salíamos bañándonos junto al pozo. Hice a Sass charlando con sus amigas en el patio y a Sassur leyendo el libro de poemas de Tagore. Incluso puse la vaca y el *bandicut*. En un momento de picardía, bordé una orla de flores del árbol de mango. Sass no podía decir que había robado aquellas flores, porque eran sólo mías.

Me costaba sacar tiempo para la colcha, porque había que hacer muchos preparativos para la boda. Había que barrer el patio donde se celebraría la boda y preparar un fuego ceremonial. Había que decorar las paredes con una mezcla de harina de arroz y agua, que dejaba escurrir entre mis dedos. Fui al pueblo para comprar leña y comida para el banquete de boda. Pelé mangos y troceé pepinos y cebollas y mezclé cúrcuma y cilantro para el curry.

Tenía que bordar la colcha por la mañana temprano o por la noche cuando había poca luz, así que iba por ahí con el ceño fruncido de tanto fijar la vista. Cuando por fin la colcha estuvo acabada, Chandra exclamó:

—¡Es preciosa, Chandra! —y la apretó contra su cuerpo.

Por mucho que lo intentó, ni siquiera Sass consiguió encontrarle un defecto.

Me hubiera gustado ayudar a Chandra a vestirse el día de su boda, pero Sass me echó:

—No sería correcto —dijo—. Sólo las mujeres que no han enviudado y han dado a luz un varón tienen el privilegio de ayudar.

Yo sabía que era la costumbre; aun así tenía la esperanza de que, al menos, me dejaran entrar en la habitación para disfrutar de la ceremonia. Tuve que conformarme con mirar a Chandra a hurtadillas, cuando las mujeres terminaron con ella. Al verla con mi *sari* de boda, los ojos oscurecidos por el lápiz de ojos, las mejillas y los labios con colorete y la frente pintada, era como verme a mí misma otra vez tal y como era tres años atrás. Pensando en el bien de Chandra, sonreí y le dije que estaba muy bonita, y era cierto. Por dentro estaba triste y pensé que jamás volvería a ser feliz. Mi vida parecía acabada. ¿Qué podía esperar ahora, sino años y años de trabajar como una esclava?

Cuando llegó el día de la boda, Chandra y yo nos escondimos junto a la ventana para ver al novio. Guiado por sus parientes masculinos, Raman llegó en un caballo cubierto de tela bordada con pequeños espejos redondos. Los espejos brillaban a medida que avanzaba y parecía que llegaba montado en un rayo de sol. Era alto, tenía un montón de pelo negro y un pequeño bigote.

—El bigote es como la cola de un ratón —dije, soltando una risita.

—¡No lo es! —dijo Chandra—. Es un bigote muy bonito.

Sacamos las cabezas por la ventana para ver mejor. En aquel momento el novio miró hacia nosotras y vi que en su cara se dibujaba una leve sonrisa al vernos y comencé a pensar que quizá sería bueno el matrimonio de Chandra.

Sassur recibió al novio con el agua perfumada y la mezcla de miel y cuajada tradicionales. Llegaron los invitados: todos los familiares que vivían a un día de distancia, los profesores compañeros de Sassur, las mujeres que cotilleaban con Sass en el patio, con sus maridos y niños, los familiares y amigos del novio que venían a ver si los padres del novio habían acertado o se habían equivocado en su elección.

Qué diferente de la mía era aquella boda. En lugar de una niña desgarbada y asustada y un novio joven y condenado, se trataba de un joven guapo y una novia feliz y bella. Pronto acabó la ceremonia y comenzó el banquete. Se ofreció un *tali* rebosante de huevos de pato cocidos, *pooris* fritos crujientes, *dal*, arroz, varios tipos de curry, *chapatis*, *chutney* de mango y muchos tipos de dulces. La comida se servía primero a los hombres y después a las mujeres invitadas y al final comí yo con las mujeres contratadas para ayudar a cocinar y a servir. A mí no me importaba ser la última, porque había preparado gran parte de la comida y la había probado cada vez que Sass se daba la vuelta.

Por fin había llegado el momento de que Chandra se fuera a casa de su novio. Abrazó a su *maa* y a su *baap*. Me rodeó con sus brazos.

—Koly —susurró—, te echaré de menos más que a nadie.

Cuando apretó su cara contra la mía, no supe si las lágrimas que sentía en las mejillas eran suyas o mías.

Mientras miraba a Chandra y a su novio, que partían hacia la casa de él, sentí que desaparecía mi último pedacito de felicidad.

VI

Sass sentía tanto como yo ver marchar a Chandra. Lloraba y gemía diciendo:

—He perdido a mi hija para siempre.

Sassur se metió en su habitación y sacó el libro de poemas de Tagore, pero cada vez que me asomaba a la habitación, veía que no había pasado ninguna página. Yo ya no tenía con quién hablar, más que con los pequeños lagartos verdes que trepaban por la pared.

Tenía que dar la pensión por perdida y no sabía si mis pendientes podían llevarme muy lejos. Parecía que tendría que quedarme donde estaba para siempre. Guardaba la esperanza de que, si trabajaba muy duro y hacía exactamente lo que me pedían, Sass quizá comenzaría a tratarme con amabilidad. Esperaba que un día pudiera quererme como quería a Chandra o, si no tanto, al menos un poco. Me arrepentía de los tiempos pasados en que me había portado mal. Comencé a levantarme más temprano por las mañanas, tan temprano que las estrellas seguían en el cielo y las serpientes aún dormitaban enroscadas en las esquinas del patio, esperando el calor del sol. Cada mañana hacía mi *puja* en el altar de la cocina y procuraba presentar una ofrenda de fruta o unos cuantos pétalos esparcidos. Emplastecía con barro fresco el pequeño hornillo donde cocinábamos, que se llama *chula*. Preparaba el fuego y esperaba a que todos se levantaran, para no desperdiciar combustible. Ponía el arroz a remojo y lo removía, para que quedara esponjoso y con los granos sueltos. Molía las especias con el rodillo de piedra hasta que quedaba un polvo fino y batía la leche con cuidado. Barría el patio por la mañana y por la tarde.

Cuando veía a Sass sentada sola, con cara triste, decía:

—Deja que te peine y te haga una trenza.

Era lo que Chandra solía hacerle a su *maa*.

—No, eres demasiado torpe. Si tienes tiempo, ponte a fregar las ollas.

Siempre que me ofrecía a hacer algo por ella, era igual. Sassur no era mejor. Tenía sus propios problemas. La electricidad había llegado a la escuela donde enseñaba. Habían instalado ordenadores y a Sassur, que no sabía nada de aquellas cosas, cada vez le quitaban más y más responsabilidades. Cuando regresaba a casa por las noches, se metía en su habitación y cerraba la puerta. Le oíamos recitar sus oraciones hora tras hora. No salía a comer, sólo tomaba un puñado de arroz frío y un *chapati* o dos. Se quedó más delgado, con las mejillas más hundidas, con el cuello más flaco.

Yo me encargaba de que Sassur tuviera un cuenco de arroz preparado cuando terminaba sus oraciones. Incluso me ofrecí a leerle los poemas de Tagore, pero él se limitaba a sacudir la cabeza:

—Mi hijo ha muerto, mi hija está lejos y mis estudiantes se ríen de mí. ¿Qué voy a hacer ahora? Un día echaré a andar por el campo y no volveréis a verme nunca más.

Cuando Sass trataba de hablarle de los problemas de la casa, él se subía al tejado de la casa en silencio, quitaba la escalera y terminaba sus cánticos.

Cuando descubrí que ya no podía hablar con Sassur, busqué alguien a quien cuidar. Si nadie me amaba, al menos yo podía amar algo. Había un perro vagabundo que solía colarse en el patio, de vez en cuando, buscando un bocado de comida. Comencé a guardar un poco de nuestra cena para el perro. Su pelaje sucio y amarillo estaba roñoso. Tenía los ojos rojos y llorosos. Tenía heridas en el lomo y estaba cojo de una pata. Aun así, era lo bastante listo como para no aparecer cuando Sass andaba cerca. Pronto comenzó a seguirme hasta el río donde lavaba la ropa. Yo le lavaba las heridas y lo acariciaba hasta que perdía su actitud recelosa. Cuando se enroscaba junto a mí, sentía su calor. En lugar de esconderse en los rincones, comenzó a aparecer abiertamente en el patio.

Una tarde, Sass me sorprendió dándole al perro un poco de *chapati* mojado en *dal*:

—¿Qué haces, niña? —me regañó—. Apenas tenemos para nosotros y tú le das nuestra comida a los perros. ¿Pero en qué piensas?

Empezó a perseguir al perro.

En aquel momento, un patito que andaba cerca del perro pasó torpemente a su lado. El perro le dio un mordisco en el cuello al desafortunado patito. Sass comenzó a perseguir al perro con un palo y le atizó varios golpes. Aún así, el perro no lo soltaba. Cuando desapareció detrás de una curva, seguíamos oyendo el graznido del patito. Después de aquello, el perro comprendió que no debía volver.

Así que amaestré al *bandicut*. Era un animal horrible, con una nariz afilada, ojos diminutos y grandes orejas puntiagudas. Desde la cabeza hasta la cola larga y andrajosa medía casi un metro de largo. Al contrario que el perro insensato, jamás se dejaba ver en el patio cuando había otras personas, sólo se acercaba a mí. Salía de debajo de la terraza arrastrándose sobre la tripa y se acercaba con cautela hacia mí para tomar el pedacito de comida que había guardado de mi almuerzo. Se sentaba encorvado a mi lado, masticando despacio, como si quisiera que el bocado le durara. Cuando terminaba la comida, se lamía los bigotes y volvía a arrastrarse bajo la terraza. Yo me alegraba mucho de la compañía del *bandicut*, pero no pensaba pasarme la vida barriendo cacas de oca del patio y hablando con una rata.

La idea se me ocurrió de camino al pueblo, cuando Sass me mandó a comprar unos *chilis* y un poco de comino. Entonces recorrí a la carrera el trecho que quedaba hasta el pueblo, para que me quedaran unos minutos libres. Al llegar al pueblo, me dirigí a la oficina donde nos habían dado los papeles para pedir mi pensión. A través de la puerta abierta vi al hombre que nos había dado los papeles para firmar, pero aquel traje tan oscuro y aquella camisa tan blanca me asustaron y me marché. Regresé a la oficina dos veces más al volver al pueblo y dos veces más me marché apresuradamente porque era demasiado tímida como para hablar con un hombre vestido de manera tan formal. Entonces, una noche, vi que el mismo hombre pasaba por delante de nuestra casa. Se había quitado el traje y la camisa y llevaba un sencillo pijama *kurta*. Llevaba el traje y la camisa bajo el brazo, doblados con cuidado para que no se arrugaran.

Al día siguiente, esperé junto a la puerta, armada de valor, mientras la gente entraba y salía de su oficina. Al fin, levantó la vista:

—¿Qué haces ahí mirándome, niña? ¿Qué es lo que quieres?

Entré en la oficina, en silencio y me quedé de pie frente a su mesa, respetuosamente:

—Señor, mi *sass* me trajo aquí para firmar unos papeles que decían que soy viuda para que me dieran una pensión.

—Sí —dijo impaciente—, ¿y qué pasa? ¿Es que no recibes tu pensión?

—Se la queda mi *sass*. Ella se queda con el sobre.

Él frunció el ceño:

—No es asunto mío cómo os las arregláis en tu familia. Os llega la pensión. Eso es lo único que le importa a esta oficina.

—¿Y si yo viniera cada mes a su oficina y me entregaran a mí la pensión?

—Eso es imposible. No se hace así. La pensión se envía por correo.

Respiré hondo:

—¿Y si me mudo a otro lugar?

—¿Es que has venido a decirme que te mudas?

—No, señor. Sólo quiero saber qué sucedería si lo hiciera.

—Me estás haciendo perder el tiempo con tus preguntas.

—Por favor, necesito saberlo. ¿Qué sucedería si me mudo?

—Entonces debes ir a la oficina en ese sitio nuevo y decirles que estás allí.

—¿Y me enviarían allí la pensión?

—Sí, sí, sí. Ahora déjame en paz.

Crucé el mercado a toda prisa, pasé junto al hombre con el mono amaestrado atado con una cadena y el puesto donde los pájaros estaban encerrados en jaulas diminutas. En una de las jaulas había un pájaro *mynah* al que habían dejado ciego para hacerlo cantar. Me estremecí, porque me sentía tan desafortunada como el mono encadenado y los pájaros tristes. Sabía que debía hallar la forma de escapar. Podía escribir a mi *maa* y mi *baap*, pero ¿qué podía decirles que no les causara vergüenza y pena?

Comencé a hacer planes. Dudaba que pudiera vivir sólo de la pensión, aunque mis pendientes de plata me servirían de ayuda hasta que consiguiera algún trabajo.

¿Pero quién me contrataría? En la ciudad me verían como la pobre chica de campo que era, envuelta en un *sari* de viuda y sin educación. ¿Dónde iba a vivir? ¿Cuánto me duraría el dinero de los pendientes? Con todas aquellas preguntas, no pensaba en escapar hoy o mañana, pero mientras me quedara el pensamiento de poder escapar algún día, podía soportar las regañinas de Sass. Necesitaba mucho valor para marcharme y yo no tenía demasiado.

Mientras me quedara con mi *sass* y mi *sassur*, al menos tenía un lugar donde dormir y comida, aunque la comida era cada vez más escasa. A medida que Sassur comía menos, Sass se volvía más tacaña. Guardaba las llaves del armario atadas a su *sari*, sólo le faltaba contar los granos de arroz. Algunos días estaba tan hambrienta que me mareaba. Peor que el hambre era la falta de alegría que había en la casa. Hasta el *bandicut* lo notaba. Al cabo de un tiempo, dejó de salir de debajo de la terraza, ni siquiera para comer el poquito de comida que le podía dar.

De pronto, mi mundo cambió una vez más. A última hora de una tarde en que el sol parecía un círculo de fuego en el cielo, Sassur llegó pronto de la escuela. Era la primera vez que sucedía una cosa así. Se metió en su habitación y se tumbó en su *charpoy*. Al cabo de unos minutos, oí a Sass gritar. Sassur había muerto tranquilamente.

VII

Chandra tuvo que regresar a casa. Había pasado más de un año desde su boda. Ya no parecía una niña pequeña. Vestía un bonito *sari*. Era blanco, por respeto a la muerte su padre, pero al contrario que mi *sari* blanco, el de Chandra era muy elegante, de muselina. Llevaba el pelo recogido en un moño complicado y pulseras de oro en los brazos. ¡Y las uñas de los dedos que asomaban de sus sandalias estaban pintadas! Después de abrazar a su madre y derramar muchas lágrimas, me abrazó.

—Koly, cómo te he echado de menos. Ahora no tenemos tiempo, pero esta noche, después del funeral, hablaremos hasta que salga el sol.

Esta vez no había dinero para un funeral en Varanasi. Ataron juntos los pulgares de Sassur, para mostrar que ya no podía trabajar y también los dedos gordos de los pies, para que su fantasma no pudiera regresar. Lo llevaron en su *charpoy* a un lugar despejado, en uno de los campos, para cremarlo. Mientras observaba, recordé que me había dicho:

—Un día echaré a andar por el campo, y no volveréis a verme nunca más.

Cerca de allí se encendieron tres hogueras y los hombres del pueblo entonaron cánticos durante la cremación, hasta que su alma hubo abandonado su cuerpo y un hombre santo anunció que Sassur había muerto.

Después del funeral, cuando regresábamos a casa, nos entregaron a cada uno siete piedras. Teníamos que dejar caer las piedrecitas, una por una. Se sabe que los espíritus no cuentan muy bien, pero de todas formas les gusta mucho contar. Así el espíritu de Sassur estaría entretenido contando las piedrecitas y no nos seguiría a casa. Yo susurré a Chandra, mientras dejábamos caer las piedrecitas, que no creía que su *baap* quisiera volver.

Chandra había tenido suerte. Aquella noche, cuando nos quedamos charlando, me habló de su nueva vida.

—Mi *sass* no está bien y se pasa el día tumbada en su *charpoy* en el patio, hablando de su mala salud con sus amigas. Cada día tiene un nuevo síntoma. Me dejan llevar la casa sin interferencia, y tenemos un criado para ayudar con los trabajos más pesados. Nos instalaron electricidad en la casa para que mi marido pudiera traer un ordenador de su trabajo. Se sienta delante y pulsa las teclas y puede hacer imágenes de colores.

Me miró con un gesto tímido.

—Koly, si te hubiera hecho caso y hubiera aprendido a leer, podría saber lo que sale en la pantalla. Hay palabras en todos los idiomas y vienen de todas partes del mundo. Mi *baap* estaba equivocado al tener manía a esas máquinas. Son mágicas. Y como hay electricidad, tenemos una televisión. ¿Recuerdas cómo íbamos al pueblo a ver la televisión? Pero ahí mi *baap* tenía razón. ¡Qué cosas se ven en los programas americanos! ¡Muy indecentes!

Me susurró algunas de esas cosas y estuvimos riéndonos hasta que Sass asomó la cabeza a nuestra habitación para avergonzarnos, recordándonos que ese día habíamos tenido un funeral.

En los tres días que pasamos juntas, a Chandra se la trató como a una invitada. Mientras yo seguía con mis labores habituales, ella pasaba casi todo el día en el patio con Sass, para que Sass pudiera presumir de su buena fortuna con las mujeres vecinas. Sólo por las noches podíamos hablar en susurros. Le conté que había hablado con el hombre del pueblo sobre mi pensión.

—Algún día me escaparé —dije.

—No. No debes hacer eso jamás. ¿Dónde vas a ir y quién cuidará de ti?

Sabía que a Chandra ni siquiera se le ocurría pensar que podía cuidar de sí misma, así que me callé. Aún así, al ver lo feliz que era ella, comencé a pensar más a menudo si yo también llegaría a ser feliz algún día.

Al final de la semana, Chandra regresó a casa de su marido y nuestra vida continuó, pero sin Sassur todo era diferente. Sass ni siquiera tenía fuerzas para regañarme cuando dejaba que se derramara *ghee* hirviendo sobre el fuego o me olvidaba de barrer el patio. A medida que iban pasando los meses, su estado de ánimo alejó a sus amigas y ahora el patio estaba vacío por las tardes. Ella se pasaba el día sentada, mirando al infinito. Iba despeinada y llevaba el *sari* sucio. A menudo la sorprendía mirándome de una forma extraña.

Me daba pena. Podíamos habernos consolado mutuamente y una vez incluso dije:

—Ahora las dos somos viudas.

Sass se puso muy digna:

—¿Qué dices? ¿Acaso tienes tú una hija que se ha casado bien? ¿O un hijo que murió en la ciudad sagrada de Varanasi? Nosotras dos no somos iguales.

Después de la muerte de Sassur, dejó de llegar el dinero de la escuela. La pensión de viuda de ella apenas llegaba para comprar comida. Llevamos los cuencos de latón, el mejor *sari* de Sass y sus pulseras de plata al prestamista del pueblo. Los días que Sass regresaba del prestamista, se quedaba mirándome y mirándome. Yo procuraba mantenerme apartada de su vista y comer lo menos posible, pero creo que si hubiera podido chasquear los dedos y hacerme desaparecer, seguramente lo habría hecho.

Me preguntaba a menudo por mis pendientes, seguía convencida de que los había escondido. Yo me limitaba a sacudir la cabeza. Procuraba ser tan silenciosa e invisible como los pequeños camaleones del patio, pero cuando vi que ella llevaba el libro firmado de poemas de Tagore, que había pertenecido a Sassur, le supliqué que no lo vendiera.

—No podemos comernos el libro, y el prestamista me pagará bien. Mi marido siempre decía que era valioso.

Envolvió el libro de cualquier manera, con un retal de tela y se encaminó hacia el pueblo. Yo me quedé de pie en medio del camino, mirando, hasta que no pude aguantarme más. Eché a correr detrás de ella, levantando nubecitas de polvo con los pies.

—¿Si encuentro los pendientes de plata y te los doy, me darás el libro?

Los ojos de Sass centellearon:

—¡Así que me has estado mintiendo todo el tiempo! —chilló. Luego me tiró el libro—: Cógelo y tráeme los pendientes enseguida.

En cuanto quité el ladrillo y tuve los pendientes en la mano, supe que había hecho una tontería, pero ya era demasiado tarde. Sabía que no podría soportar ver cómo vendía aquel libro que había significado tanto para Sassur. Así que Sass llevó mis pendientes al pueblo, para venderlos, y con ellos se llevó mi última esperanza.

Un día llegó una carta. Sass no quería enseñármela, así que la llevó al pueblo para que el escribiente se la leyera. Cuando regresó, Sass sonreía.

—Es de mi hermano pequeño. Vive en Delhi y quiere que vaya a vivir con él. Dice que necesita a alguien para cuidar de los niños y ayudar con las tareas de la casa.

En voz baja pregunté:

—¿Y qué va a pasar conmigo?

Sass me lanzó una mirada astuta:

—Bueno, tú también vienes. Estoy segura de que podrá encontrar algún trabajo para ti. Ahora tengo que vender la vaca y la casa para conseguir el dinero del viaje.

La casa, con aquellas paredes de barro medio deshechas y su diminuto cuadrado de tierra, no valía mucho. Sass sacó más por la vaca, pero me dio mucha pena separarme de ella porque muchas veces, al ordeñarla, le había susurrado mis preocupaciones. Ayudé a llevar la vaca al pueblo, pero cuando llegó el momento de comprar los billetes de tren, Sass me mandó a casa:

—No hace falta que vengas —dijo.

Cuando Sass regresó, rápidamente guardó los billetes. Sass parecía casi feliz mientras sacaba las pocas ollas para hacer *pooris*, que no comíamos desde la boda de Chandra.

—Se me ha abierto el apetito —dijo. Y después añadió, con la misma sonrisa astuta que tanto había visto últimamente—: Tengo una sorpresa para ti. Pararemos en Vrindavan, de camino a Delhi. Es una ciudad santa que tiene muchos templos. Estará bien hacer un peregrinaje, antes de comenzar nuestras nuevas vidas.

Me emocionaba pensar en ver una ciudad santa como aquélla, pero estaba confusa. Era la primera vez que mi *sass* hablaba de templos. Casi nunca comenzaba el día con una *puja* en el altar de la casa. Quizá, pensé, la muerte de Sassur le haya hecho pensar más en esas cosas. Aun así, no estaba segura.

Aunque había sido muy infeliz en casa de mi *sass*, cuando llegó el momento de marchar se me clavó una espina de tristeza. Había barrido el patio tantas veces que cada centímetro me resultaba familiar. Estaba el árbol de mango, con la cuerda donde Chandra y yo nos columpiábamos. Estaba el pequeño huerto, donde regaba las ordenadas filas de berenjenas y *okra*. El río, donde lavaba la ropa y estudiaba los libros, era mi amigo. No lograba imaginar cómo sería vivir en una ciudad grande como Delhi. No sabía cómo me trataría la familia del hermano de Sass. Ahora que me marchaba de allí, la casa de mi *sass*, donde me había sentido tan maltratada durante tanto tiempo, me parecía un hogar. Incluso me despedí del *bandicut*, que movía la cola y los bigotes para saludarme.

Sass no se despedía de nada y contaba las horas que faltaban para nuestra partida. Tarareaba mientras hacía las maletas. Me alegré al ver que se llevaba la colcha que había bordado en memoria de Hari.

La mañana de nuestro viaje, se levantó antes del amanecer, con una sonrisa glotona en la cara, como si fuera a tomar un enorme bocado de algo rico. Yo hice un petate con la colcha que había bordado para mi dote. Mis pocas ropas y mi libro de Tagore iban en una cesta. Partimos en una carreta hacia la estación de tren. Yo no paraba de mirar hacia atrás, una y otra vez, a lo que había sido nuestro hogar, pero Sass llevaba la vista fija al frente.

En la estación, nos abrimos paso entre la multitud, frente a los vendedores de agua, los vendedores de té y los vendedores de helados. Sass se detuvo sólo para comprar dos abanicos de hoja de palma y me dio uno. Lo tomé agradecida. Era el único regalo que me había hecho jamás.

Cuando conseguimos abrirnos paso en el compartimento de mujeres del tren, todos los asientos estaban ocupados. Tuvimos que estrujarnos en un espacio pequeño en el suelo. Hacía calor y olía mal, y no podía moverme sin estorbar a otra persona. Aun así, mi infelicidad y preocupación pronto se mezclaron con asombro, cuando los kilómetros de campos verdes fueron pasando a toda velocidad, y los pequeños pueblos y, en una ocasión, una ciudad grande.

El tren se iba llenando de gente, por lo que acabé aplastada en un rincón, donde ya no podía mirar por la ventanilla ni sentir la suave brisa que entraba. Casi todos los pasajeros, al igual que nosotras, llevaban algo de comer para el viaje. Los olores de la comida, junto con el balanceo y los frenazos del tren, estaban empezando a marearme.

Sass me miró fijamente:

—Estás pálida, niña; será mejor que salgas a tomar el fresco en la siguiente parada.

En la siguiente parada, sin dejar de quejarse, Sass me sacó del tren. Abrió la sombrilla para protegernos del sol ardiente y me paseó un poco. Al volver al tren, acabé por quedarme dormida.

Al despertar, habíamos llegado a la ciudad sagrada de Vrindavan. Nos bajamos del tren y al ver tanta gente pregunté:

—¿Dónde vamos a dormir, Sass?

—Ya encontraré algún sitio —dijo—. Por ahora dejaremos las cosas en la consigna para no tener que llevarlas a cuestas.

Después de dejar nuestras cestas y petates, Sass me entregó mi resguardo y me hizo salir rápidamente a la calle, donde llamó a un *rickshaw*. El *rickshaw* estaba decorado con banderitas de colores brillantes. Los asientos estaban cepillados y la bicicleta reluciente.

—Llévanos a un templo —ordenó Sass al chico del *rickshaw*.

El chico se echó a reír:

—Hay cuatro mil templos. ¿A cuál quiere ir?

El chico me sacaba sólo unos años. Era alto y delgado, pero a pesar de su delgadez era fuerte. Tenía el pelo mal cortado y lo llevaba de punta, formando mechones extraños. Tenía una mirada insolente. Yo lo admiraba porque no se sentía intimidado por mi *sass*.

—Venga, hay que decidirse —nos dijo—. Estoy perdiendo dinero aquí parado.

Sass le dio un empujón:

—No seas maleducado conmigo, chico. Tú llévanos a un templo. A cualquier templo —le lanzó una mirada perspicaz—. Uno que esté cerca. No quiero pagar una carrera muy cara.

Subió al *rickshaw* y me arrastró consigo.

El chico se encogió de hombros y, de pie sobre los pedales para tomar impulso, se puso en marcha. Mientras recorríamos las calles de la ciudad, veía por todas partes mujeres vestidas con *saris* blancos de viuda, como el mío.

—¿Por qué hay tantas viudas aquí, Sass? —pregunté.

Ella se encogió de hombros:

—Vienen a esta ciudad. Aquí cuidan de ellas.

Muchas de las viudas eran mayores, pero muchas eran jóvenes, algunas incluso más jóvenes que yo. De pronto estaba ansiosa por abandonar la ciudad.

—¿Cuánto tiempo nos vamos a quedar aquí, Sass? —pregunté.

—Solamente un día.

Exhalé un suspiro de alivio. Por muy difícil que fuera mi vida en Delhi, al menos no estaría rodeada de miles de viudas para recordarme que mi vida, como la suya, había acabado.

El chico detuvo su *rickshaw* y tendió una mano:

—Cuatro rupias —reclamó.

Sass se quedó mirándole:

—¿Nos tomas por pueblerinas que no saben nada? Con dos rupias tienes de sobra.

El chico echó a correr detrás de nosotras y se quejaba tan alto que Sass le entregó las otras dos rupias a regañadientes. Cuando se dio media vuelta, el chico me lanzó un guiño insolente.

El templo estaba lleno de viudas entonando cánticos, vestidas con sus *saris* blancos. Algunas parecían tranquilas, casi contentas. Otras parecían flacas, hambrientas y tristes, como si hubieran preferido estar en otra parte. Su hambre me recordó que yo también tenía hambre. La comida del tren nos había durado sólo hasta el desayuno.

Como si me hubiera leído la mente, Sass dijo:

—Aquí tienes un billete de cincuenta rupias. Ve a buscar algo de comida y no te conformes con el primer vendedor que veas. Yo te esperaré al fresco, en el templo. No pierdas el cambio.

Agarré el dinero con fuerza en la mano derecha, tenía miedo de que alguien me lo quitara. Sass jamás me había confiado tanto dinero. Sin perder de vista el templo, para asegurarme de que sabría volver, pasé de largo frente a dos vendedores antes de encontrar uno que vendía *samosas* con aspecto limpio y sabroso. Pregunté el precio y conté el cambio dos veces. Sujetando las dos *samosas* en una mano y las rupias del cambio en la otra, regresé corriendo al templo donde había dejado a Sass. No estaba allí. Mientras esperaba a que regresara, me comí mi *samosa*. No tenía ni idea de dónde había ido. Finalmente decidí que estaba buscando un sitio para pasar la noche. Aun así, sentí leves escalofríos de temor.

Intenté no preocuparme. El templo estaba fresco y el sonido de los cánticos era tranquilizador. Ahora que tenía el estómago lleno, me sentía un poco mejor. Esperé una hora y después otra. Los cánticos nunca cesaban. Lo cierto es que creía que mientras los cánticos continuaran, no tenía por qué preocuparme. Sólo tenía que esperar a que Sass regresara a buscarme y todo se arreglaría. Ya estaba a punto de atardecer cuando cesaron los cánticos. Hacía tiempo que me había comido la segunda *samosa*. Las viudas, con sus *saris* blancos, salieron en silencio del templo. Un pánico horrible se apoderó de mí. Salí corriendo del templo.

No sabía por dónde empezar a buscar a Sass. Estaba acostumbrada a nuestro pueblecito. Las calles de Vrindavan eran como un hormiguero destruido. Me preguntaba si habría entendido mal a Sass. Quizá había cambiado de opinión acerca de quedarse en Vrindavan. Quizá me había dicho que nos encontraríamos en la estación de tren. Paré a una de las viudas y pregunté por dónde se iba a la estación. Ella miró mi *sari* blanco de viuda. Me pareció ver una mirada de compasión, y algo más aterrador... aquella mujer me miraba como a un igual.

Aunque ya se estaba poniendo el sol, aún sentía calor, como si un sol invisible cayera sobre mí. Se me formaron gotas de sudor en la frente y el labio superior, que corrían por mi cara. Se me pegaba el *sari* al cuerpo. Las tiendas y los negocios estaban cerrando y las calles se convirtieron en ríos de gente en movimiento, empujándose.

Un par de veces más tuve que parar a alguien para preguntarle el camino. Cada vez, me encontré con una mirada de compasión en el rostro de la viuda a quien preguntaba. Ya casi había anochecido cuando por fin llegué a la estación, donde los pasajeros que esperaban los trenes matutinos cocinaban sus cenas en pequeños hornillos. Algunos ya estaban tumbados en esterillas. Rápidamente recorrí la estación, pero Sass no estaba allí.

Me dirigí al mostrador de equipajes donde habíamos dejado nuestras cosas y saqué mi cesta y mi petate.

—¿Ha venido la mujer que estaba conmigo, a recoger sus cosas? —pregunté, pero el empleado acababa de empezar su turno y no sabía nada de Sass.

A la entrada de la estación había una fila de *rickshaws*. Tenía cuarenta y siete rupias atadas en el *sari*, pero no podía desperdiciarlas en un *rickshaw* y de todas formas no habría sabido a dónde ir. En la fila vi el *rickshaw* con las banderitas y de pie junto a él estaba el chico del pelo rebelde.

Sentí un gran alivio al ver a alguien a quien ya había visto antes en la ciudad, alguien a quien casi conocía. Me acerqué a él a toda prisa.

—¿Has visto a mi *sass*? —pregunté.

Se quedó mirándome un largo rato, como si estuviera intentando recordarme.

—Ah, sí —dijo con una sonrisa amarga—. Ya había llegado cuando ella regresó. Intentó engañar al nuevo conductor igual que me engañó a mí.

—Si ha vuelto, ¿dónde está ahora?

—En el tren. La vi subir al tren que va a Delhi. No había pasado ni una hora desde que os llevé al templo.

VIII

Creo que lo sospeché desde un principio. Aquella idea me estaba esperando como un escorpión escondido en mi mente. Ahora el dolor de su picadura estuvo a punto de hacerme gritar. Estaban las cartas de su hermano de Delhi, que nunca me dejaba leer. Estaba la compra, en secreto, de los billetes de tren. Estaba aquella sonrisa misteriosa. Se había encargado de que yo no conociera su dirección en Delhi. Yo sabía que jamás lograría encontrarla en aquella ciudad, donde vivían millones de personas. Lo único que tenía eran las cuarenta y siete rupias, atadas a mi *sari*. Ahora entendía por qué me había confiado tanto dinero. Era para aliviar su conciencia. Aunque odiaba que el chico me viera llorar, no pude evitar que me rodaran las lágrimas por las mejillas.

El chico me miró:

—Esto pasa todos los días aquí —dijo—. Puedes ir a cantar en el templo, como hacen las demás viudas. Los monjes te darán comida.

Seguía mirándome. El gesto insolente había desaparecido, y ahora su rostro era amable. Estaba a punto de decir algo, cuando un hombre con un maletín se subió al *rickshaw* y ordenó:

—Vamos.

El chico me lanzó una última mirada y se alejó pedaleando.

Era de noche. Las sombras trepaban por los muros de los edificios amontonados y caían sobre los callejones estrechos. Yo caminaba sin rumbo. Todas las calles me parecían iguales y no habría sabido decir si había pasado por allí antes. No sabía lo que buscaba, sólo que no lo encontraba y que no creía que pudiera encontrarlo jamás. El petate y la cesta pesaban mucho. Estaba cansada y hambrienta y lo único que quería era tumbarme. Sabía que otras personas se sentían igual, porque comenzaron a aparecer *charpoys* y colchones en las aceras. A veces una persona, a veces una familia entera se instalaba para dormir. Me habría gustado derrumbarme en un trocito de acera, pero no sabía si estaba permitido o qué trozos de acera estaban reservados.

Una mujer mayor me miraba desde un portal, acurrucada, envuelta en un *sari* de viuda sucio. Me llamó con un dedo largo, huesudo. Cuando me acerqué a ella, se apretó aún más en el rincón del portal. Señaló el espacio vacío que había dejado.

—Puedes dormir aquí —dijo—. La gente de la casa no te echará. Hasta me han tirado un poco de comida —me tendió un poco de arroz. Estaba frío y pegajoso. Lo engullí agradecida—. ¿Acabas de llegar? —me preguntó.

—Sí, mi *sass* me dejó aquí por la mañana. No sé dónde está. A lo mejor vuelve a buscarme.

La mujer mayor sacudió la cabeza:

—No volverás a verla jamás. A mí me pasó lo mismo. Yo llegué hace dos meses. Mi marido murió y ya no me necesitaban. Sus propiedades fueron repartidas entre sus hermanos. Los hermanos me trajeron aquí.

—¿Por qué te trajeron aquí y te abandonaron? —pregunté—. ¿Por qué no cuidaron de ti?

—En cuanto tuvieron las propiedades de mi marido, yo ya no les servía para nada. Decían que trae mala suerte tener una viuda cerca. La verdad es que soy demasiado mayor para hacer trabajos duros.

Si había tanta crueldad en el mundo, desde luego podía ser cierto que Sass me había llevado a aquel lugar de viudas sólo para deshacerse de mí. Estaba sola en una ciudad desconocida, no tenía más que unas cuantas rupias y ningún amigo.

—¿Qué es lo que haces para sobrevivir? —me atreví a preguntar.

—Soy sierva del dios Krishna. Como las demás viudas, voy al templo cada día a entonar cánticos durante cuatro horas. Los monjes del templo nos dan de comer y recibo una pensión de viuda que es una miseria. Compartía una habitación con otras viudas, pero el casero la necesitaba para su familia, así que nos echaron. Ahora tengo que buscar otra habitación.

Estábamos rodeadas de gente que se instalaba en las aceras. Los bebés y los niños pequeños se acurrucaban contra sus madres y hermanas. Algunos se quedaban dormidos enseguida, como si su cuadrado de acera fuera un refugio tan bueno como una casa. Otros charlaban con sus vecinos o preparaban un poco de comida, alimentando los fuegos para cocinar con hojas y ramitas. Delante de nosotras había unos niños pequeños peleándose con los perros para rebuscar comida en una montaña de basura.

A pesar de que tenía mi petate para ablandar la piedra del portal, no conseguía dormir. Comprobaba a menudo que las rupias seguían bien atadas a una esquina de mi *sari* y guardadas a salvo en el nudo de la cintura. Me decía a mí misma que tenía que ver si podía comprar un billete de tren o de autobús con aquellas rupias, para regresar a casa de mi *maa* y mi *baap*. ¿Pero cómo iba a hacer eso? Lo que me había dicho la mujer era cierto. Se consideraba que las viudas traían mala suerte, porque habían perdido a sus esposos. Si mi familia se enteraba de lo que me había sucedido, les causaría sufrimiento e incluso vergüenza. A estas alturas mi hermano mayor podía haberse casado, y su mujer viviría en casa de mis padres. No habría sitio para mí. Tendría que arreglármelas para organizar mi vida aquí.

A la mañana siguiente me despertó el cántico de los himnos matutinos que salía por unos altavoces. Ya no estaba la viuda con la que había compartido el portal. Los colchones y *charpoys* empezaban a desaparecer de las aceras. Hice cola en la esquina de la calle para lavarme y beber un poco de agua en un pequeño grifo. Compré el cuenco de *dal* más barato que fui capaz de encontrar.

No pude evitar regresar a la estación. En realidad, no creía que volvería a ver a Sass en mi vida; pero aun así tenía la esperanza de que regresara. Estuve esperando todo el día. En una ocasión, vi una mujer a lo lejos que creí que era Sass. La llamé y corrí hacia ella, para descubrir que era una desconocida, irritada por mis gritos. Ni siquiera apareció el chico del *rickshaw*.

Aquella noche tuve el portal para mí sola, porque la viuda no regresó. Tal y como me había dicho, la puerta de la casa se abrió y me dieron un poco de comida, esta vez un *chapati*, que me comí a toda prisa, aunque había una niña pequeña a mi lado mirándome con cara de hambre. Después me sentí avergonzada, porque aún me quedaban algunas rupias y la niña no tenía nada.

Sabía que no podía pagar una habitación, pero paseando por la ciudad vi carteles colgados en algunas casas, que anunciaban camas. Cuando pregunté me enteré de que si tenía que pagar comida y cama pronto me quedaría sin rupias. Después de preguntar a varias viudas, encontré el edificio del gobierno donde daban las pensiones. Había que rellenar un formulario. Gracias a las clases de Sassur fui capaz de rellenar el formulario enseguida, todo menos la dirección. No podía decir que vivía en un portal frente al Bazar Purana.

—No has apuntado tu dirección —dijo el funcionario.

—Hasta que no cobre la pensión —expliqué—, no puedo permitirme tener un sitio donde vivir. ¿No puedo recoger aquí la pensión?

Él sacudió la cabeza, como si fuera una idea descabellada.

—No, no. Las pensiones se envían por correo. Vuelve cuando tengas una dirección.

Busqué trabajo por todas partes, pero por cada trabajo había cien personas buscando. Tuve que vivir en el portal durante una semana. Cuando otros intentaban dormir allí, yo no era tan generosa como la viuda anciana lo había sido conmigo, era egoísta y los echaba. Ya casi me había gastado todas las rupias, y lo único que tenía era el portal y el pedacito de comida que me extendía la mano de alguien a quien nunca había visto. Estaba dispuesta a luchar por mi portal antes que renunciar a él, pero sabía que el hambre y el miedo me estaban convirtiendo en una persona completamente distinta, una persona avariciosa y fría que me resultaba despreciable. Pensé que aquélla sería la crueldad final de Sass: convertirme en alguien como ella.

Visité los templos: el Govindji, con su gran nave y su fila de columnas como troncos de árboles y sus techos altos donde colgaban filas ordenadas de murciélagos, como pequeños penachos peludos. Fui al Banke Bihari, donde había un *darshan* cada día –las cortinas se abrían un momento para ofrecer un destello de la deidad, que se considera una gran bendición. En todos los templos, veía a las viudas cantando hora tras hora. Yo admiraba su devoción y envidiaba la comida que les daban los monjes a cambio de sus oraciones, pero por mucho que lo intentaba, después de entonar cánticos sólo media hora, dejaba vagar la imaginación. Apenas podía respirar por el olor del incienso y el aceite de mostaza que ardía en los cientos de pequeñas lámparas. Cuando quise darme cuenta, me había escabullido del templo y me alegré de estar al aire libre.

Recorrí los bazares y los *ghats* del río Yamuna, perdida entre los peregrinos que llegaban a la ciudad. Todas las tardes regresaba a la estación de tren, no porque tuviera esperanzas, sino por costumbre y porque ya me resultaba familiar. El día que me gasté mi última rupia y estaba considerando vender el libro de Tagore, volví a ver al chico del *rickshaw*. Intenté llamar su atención. Me había cruzado con miles de personas que habían pasado de largo sin dirigirme una mirada siquiera. Tenía ganas de hablar con alguien que me reconociera.

Al principio, sólo miraba a los pasajeros que acababan de bajarse del tren. Cuando vio que nadie se subía a su *rickshaw*, se puso en cuclillas, esperando la siguiente oportunidad. Me acerqué a él, indecisa. Él me miró con curiosidad. Imaginé lo desaliñada y sucia que debía de estar, después de dormir una semana en el portal.

—¿Sigues aquí? —preguntó, pero no de forma cruel—. Yo a ti te conozco... ¿Cuándo vas a dejar de venir a la estación?

—No tengo otro sitio donde ir.

—Bueno, pues no deberías andar por aquí. Hay mala gente por la estación buscando chicas jóvenes del campo.

No pude evitar contarle mis penas.

—Estoy cansada de dormir en la calle y me he gastado todas las rupias.

Me mordí el labio, para no echarme a llorar.

Él me miró:

—No lloriquees. Yo te enseñaré un sitio adonde ir. Tienes que esperar a que termine de trabajar. Siéntate allí, y volveré a buscarte.

Llamó a una familia que acababa de bajarse de un tren. Después de regatear con él, se subieron a su *rickshaw* y se alejó pedaleando.

A medida que oscurecía, la gente empezaba a buscar un sitio donde acostarse por la noche. Vi a un hombre vestido con unos vaqueros y una camisa roja, que me miraba fijamente. Me acurruqué en un rincón de la estación, tratando de pasar desapercibida. Al cabo de un rato se me acercó. Tenía las mejillas y la barbilla llenas de barba. Cuando me sonrió, vi que le faltaban casi todos los dientes. Cuando se dirigió a mí, su voz era agradable, pero parecía un perro hambriento.

—Una chica fina como tú —dijo— no debería dormir en la calle. Si vienes conmigo, te llevaré a un sitio bueno, donde hay mucha comida.

Pensé en lo que me había dicho el chico del *rickshaw* de la mala gente. Me acurruqué más en mi rincón, tratando de escapar de aquel hombre.

Aun así me acechaba como un murciélago:

—Es una pena que una chica tan guapa vaya vestida con un *sari* de viuda. Yo tengo un *sari* con hilos de oro de verdad. Me gustaría mucho que te lo pusieras tú.

Extendió la mano y me agarró del brazo obligándome a levantarme. Aterrada, traté de soltarme, pero era demasiado fuerte para mí. Miré a mi alrededor, con la esperanza de que alguien me ayudara, pero había tanta gente que nadie prestaba atención. Pensé en el perro que agarraba el cuello del patito y supe que no debía dejar que me llevara. Hinqué los dientes en el brazo del hombre y le arranqué un aullido de sorpresa y dolor. Me dio una bofetada y echó a correr.

Para estar a salvo, me senté junto a una familia, una *maa* y un *baap* y sus tres hijos. Me contaron que estaban esperando el tren de la mañana y que iban a pasar allí toda la noche. Me dolía ver cómo reían y jugaban con sus hijitos. Había pasado mucho tiempo desde que yo era pequeña y formaba parte de una familia feliz.

No tenía muchas esperanzas de que regresara el chico del *rickshaw*. Como Sass, seguramente trataba de deshacerse de mí con su promesa. Se estaba haciendo tarde y a estas alturas ya me habrían quitado el portal. Por la mañana, decidí, iría al templo. Pasaría todo el día entonando cánticos para mostrar mi devoción y, gracias a los monjes, no moriría de hambre. Al menos en el templo estaría a salvo de hombres malvados. Me convertiría en una de las miles de viudas de Vrindavan. Así sería mi vida durante el resto de mis días.

Cuando al fin el chico regresó, me dijo:

—Ya puedes subir al *rickshaw*.

—No me queda dinero para pagarte.

—No pasa nada. El hombre para quien trabajo no se enterará. Llevo toda la noche pedaleando rápido, para poder justificar suficientes carreras y cubrir este tiempo, pero date prisa. Dentro de unos minutos tengo que devolver el *rickshaw*.

—¿No es tuyo?

—¿Cómo va a ser mía una cosa así? A mí me contrata un hombre y me paga un porcentaje de lo que gano. Así puedo comprar comida y un rincón en una habitación que comparto con otros chicos.

—¿Por qué no le pides más dinero?

—El dueño del *rickshaw* me despediría y le daría el trabajo a otro chico. Vienen chicos del campo todos los días, buscando trabajo. Aunque sea poco dinero, me gasto sólo la mitad.

—¿Te gastas sólo la mitad? ¿Y qué haces con la otra mitad?

—Tengo tierras —dijo. Una sonrisa iluminó su cara—. Me las dejó mi padre. Mi tío se encarga de cuidarlas. Cuando tenga dinero suficiente para las semillas y un sistema de riego, voy a regresar a mi pueblo. Odio esta ciudad.

Quizá fuera porque ya había acabado el día, pero me pareció que no le quedaban fuerzas para pedalear. En la oscuridad acertaba a distinguir formas blancas, fantasmagóricas, acurrucadas en los portales y hechas ovillos contra los edificios.

—Hay tantas viudas —susurré.

—Sí —dijo el chico, que estaba casi sin resuello—. Las familias de toda la India las traen aquí. Las abandonan igual que tu *sass* te abandonó a ti. Pero si quieres que te dé mi opinión, tienes suerte de haberte librado de ella.

Era cierto que Sass me había regañado a menudo. Me había dejado sola en esta ciudad como si tirara un gatito a un pozo. Sin embargo, habría dado cualquier cosa por volver al pueblo, a salvo entre las paredes de una casa, aunque tuviera que pasarme el resto de mi vida soportando las regañinas de Sass.

Doblamos una esquina y llegamos a un pequeño patio donde había varias mujeres reunidas, algunas tan jóvenes como yo. Una mujer mayor se acercó a nosotros. Era muy gorda, como si estuviera rellena de almohadas. Iba vestida con un *sari* muy largo, aunque le estaba casi pequeño.

—Raji —llamó al chico—. ¿Ya me has traído a otra? ¡Si no queda sitio! No importa, nos las arreglaremos. ¿Cómo te llamas, niña?

—Koly —susurré.

Junté las manos e hice una reverencia.

—Soy Kamala, pero aquí todos me llaman Maa Kamala. Vete, Raji... No pintas nada aquí en el patio con las chicas. Pero espera, llévate algo de cuajada y pepino para llenar el estómago. Estás más flaco que nunca. No te hará ningún bien ahorrar dinero a costa de quedarte sin comer.

Se volvió hacia mí:

—Ven conmigo, Koly —dijo con una voz enérgica—, te presentaré a las demás. Luego guardaremos ese *sari* de viuda. Aquí no eres una viuda, sino una mujer joven con toda la vida por delante.

Las demás me miraban, llenas de curiosidad.

—¿De dónde vienes? —me preguntó una. Dije el nombre de mi pueblo—. Nunca había oído hablar de ese sitio

—dijo ella—. Seguro que vienes del campo. Tienes mucho que aprender, si piensas quedarte en esta ciudad.

—Tanu —la regañó Maa Kamala—, ¿qué clase de bienvenida es ésa? ¿Acaso te recibieron así de mal cuando tú llegaste? No lo creo. Muestra un poco de amabilidad. Lleva a Koly dentro y busca algo de ropa para ella, entre los vestidos del baúl.

Tanu me llevó a una habitación pequeña junto al patio. Tenía dieciocho años, un año más que yo, y era mucho más sofisticada. Llevaba los labios pintados de color oscuro y las pestañas llenas de rímel. Era alta, con los pies y las manos largos y delgados. Sus manos tenían un extraño color naranja y olía de una forma especial, no era un olor desagradable, pero era muy fuerte. Abrió un baúl, sacó algo de ropa y me lanzó un par de pantalones y una túnica.

—Éstos parecen de tu talla. Póntelos.

Me puse los pantalones por debajo del *sari* y luego, al tiempo que me quitaba el *sari*, rápidamente me puse la túnica. Fue un gran alivio quitarme aquel *sari* de viuda. Una vez vi a una serpiente pequeña, verde, frotarse contra una piedra hasta que se le cayó la piel antigua, transparente y delgada como el papel. Ahora me sentía como imaginé que se sintió la serpiente al deshacerse de aquella piel vieja que la aprisionaba.

—Mucho mejor —dijo Tanu.

Sonrió satisfecha.

—¿Qué clase de sitio es éste? —pregunté, en voz baja.

—Una casa de viudas —dijo Tanu—. Maa Kamala recoge a las viudas de la calle y nos busca trabajos. Nos ayuda a conseguir la pensión de viuda y nos deja quedarnos aquí hasta que podemos mantenernos solas. Algún día espero ganar lo suficiente como para compartir habitación con otras chicas y vivir sola. Maa Kamala es simpática, pero es muy severa.

—¿De dónde saca Maa Kamala el dinero para recoger a tantas chicas? Debe de haber unas veinte ahí fuera en el patio.

—La casa está financiada por una mujer rica de la ciudad y nosotras pagamos algo de nuestros sueldos por la habitación y las comidas.

—¿Cómo llegaste hasta aquí? —pregunté.

—Me escapé al oír que mi *sass* y mi *sassur* planeaban deshacerse de mí para que mi marido pudiera casarse otra vez y conseguir otra dote.

—¿Cómo puede la gente ser tan cruel? —estaba horrorizada.

—¿Y tú? —preguntó ella.

—Mi marido murió. Mi *sass* me trajo aquí cuando se quedó viuda, porque iba a casa de su hermano y allí no me querían.

Aquella noche, en el patio, oí muchas historias como la mía y muchas historias como la de Tanu. Al oír tantas historias espantosas dejé de lamentar mi suerte.

Al final Maa Kamala alzó los brazos al cielo y nos mandó callar:

—Ya basta de contar historias tristes —dijo—. No hacéis más que quejaros. Todo eso ya ha pasado. Bueno, Koly, tenemos que buscarte un trabajo. Aquí cerca, en el bazar, hay un hombre que se encarga de proveer todo lo que hace falta para las ceremonias. Tanu trabaja allí ensartando guirnaldas de caléndulas. El hombre busca otra chica. Te advierto que hay que trabajar muchas horas y tienes que ser rápida. ¿Qué me dices?

No pude contenerme. Rodeé a Maa Kamala con los brazos, abarcando cuanto podía de ella y le di un abrazo por respuesta.

IX

Aquella noche, por primera vez desde mi llegada a Vrindavan, me sentí segura. Había otras viudas acostadas cerca de mí y con sus suaves suspiros y movimientos eran como palomas que aleteaban a mi alrededor. Yo procuraba no pensar qué habría sido de mí si no me hubiera encontrado con Raji. Me sentía la persona más afortunada del mundo.

Por la mañana temprano Maa Kamala nos revolvió como a una olla de arroz.

—Deprisa, deprisa —llamaba—, no podéis llegar tarde al trabajo.

Nos lavamos en el grifo del patio a toda prisa y engullimos un poco de *dal*. Nos repartieron unos *chapatis* y nos ahuyentaron del patio, como si fuéramos gallinas, hacia la ciudad.

—Trabajarás con Tanu, en el mismo puesto —dijo Maa Kamala—. Ella te mostrará el camino. Y aquí tienes dinero para comer.

Juntas, Tanu y yo recorrimos las calles a toda prisa. Teníamos que abrirnos paso entre los cuerpos de quienes dormían. Familias enteras de *baaps*, *maas* y niños tumbados en sus *charpoys* o en las aceras. De camino al bazar pasamos frente al portal donde yo me había refugiado por las noches. Había otra viuda allí acurrucada, dormida aún. Me estremecí al verla y di gracias por tener un techo donde cobijarme. Al pasar a toda prisa, busqué a la niña que me había mirado medio muerta de hambre mientras yo comía. Aún llevaba mi *chapati* del desayuno y se lo habría dado gustosa. Había muchos niños, pero ella no estaba. No podía apartar su mirada hambrienta de mi cabeza y mi felicidad se atenuó un poco.

A primera hora de la mañana las calles estaban llenas de coches, bicicletas, *rickshaws* y carretas de bueyes. Había vacas que deambulaban por la calzada, aquí y allá, deteniendo el tráfico. En el bazar, los puestos ya estaban abiertos. Pasamos frente a trabajadores del cuero y tiendas de almohadas y tiendas donde había jarrones de cobre y tiestos en venta. Había un puesto que vendía pulseras y otro con rollos de telas de colores vivos para hacer *saris*. Había puestos de alfombras y puestos con montoncitos de especias: cúrcuma dorada y el preciado azafrán naranja.

Tanu tiraba de mí.

—Si llegamos tarde, el señor Govind se pasará todo el día enfadado y no nos dejará tiempo para comer.

Cuando entramos en el puesto, el señor Govind, un hombre pequeño con un bigote enorme, gritaba a dos mujeres sentadas en el suelo, rodeadas de una montaña de caléndulas.

—Nada de chismorrear —ordenó—. Tenemos tres funerales y dos bodas —me lanzó una ojeada—. ¿Tú eres la chica nueva? Tanu te enseñará lo que tienes que hacer. Espero que aprendas rápido. No puedo pagar a una persona lenta y torpe. Deprisa, chicas.

Estábamos rodeadas de montones de flores naranjas. El olor de las caléndulas era tan fuerte que apenas podía respirar. Ya sabía a qué olía Tanu. Era el olor picante, punzante, de las caléndulas.

—Ya te acostumbrarás —dijo Tanu cuando me vio olisquear—. Mira, se hace así.

Las flores ya estaban separadas de sus tallos. Me enseñó cómo había que mojar largas fibras de tallos de plátano para ablandarlas:

—Hay que enhebrar la flor en la fibra y hacer un nudo, así. Luego hay que meter la siguiente flor. No hay que poner las flores demasiado juntas. Se gastan demasiadas.

Me quedé mirando un minuto o dos y después comencé a enhebrar las flores. Tanu y las otras dos mujeres trabajaban dos veces más deprisa que yo. Si intentaba acelerar, las flores se caían de la fibra, pero el trabajo era sencillo y pronto aprendí el truco. Cuando llegó la hora de comer ya anudaba guirnaldas pulcras y perfectamente redondas y las echaba al montón de guirnaldas tan deprisa como Tanu y las demás. El señor Govind se acercó una vez o dos para ver qué tal lo hacía. Creo que estaba satisfecho; nos dio veinte minutos para comer.

Tanu y yo paseamos por el mercado admirando las carteleras de los cines, que tenían fotos de mujeres sugestivas y hombres atractivos. En el puesto de espejos nos paramos para mirarnos. Sin perder de vista la hora, nos compramos una olla pequeña de verduras y arroz. Comimos a toda velocidad y después paseamos hasta un puesto de perfumes que tenía un olor delicioso, a madera de sándalo. Nos paramos en el puesto de pulseras. Nos probamos tantas pulseras de cuentas de colores que el dueño se quejó:

—Me estáis espantando a los clientes. Volved cuando tengáis dinero —sonrió—. ¿Vosotras hacéis las guirnaldas de caléndulas? —nos miraba las manos de color naranja—. ¿Podríais ensartar cuentas?

Dijimos que sí entusiasmadas.

—Pasad por aquí mañana. Hablaré con Govind. Si me dice que sois buenas chicas, puede que os dé algunas cuentas para llevar a casa y hacer pulseras. Si las hacéis bien, os regalaré una. Ahora marchaos.

Riendo, regresamos al puesto. Por el camino íbamos pensando en las cuentas de colores que queríamos para nuestras pulseras. Encontramos al señor Govind dando puñetazos a la pared y gimiendo:

—¡Nos han enviado jazmines en vez de caléndulas! ¡No tendremos suficientes para la boda!

Tanu susurró:

—Siempre está desesperado. No le hagas caso.

Pero me daba pena:

—¿Por qué no hacemos algunas guirnaldas de jazmín? —pregunté al señor Govind.

—No es tradicional. Hay que poner caléndulas.

—¿Y si mezclamos las flores? Así nos cundirán más, y todas las guirnaldas llevarán caléndulas.

Parecía preocupado. Al final dijo:

—Es lo único que podemos hacer.

Cuando la familia vino a recoger las guirnaldas, felicitaron al señor Govind.

—Es algo nuevo, diferente —dijeron—. Nuestros invitados quedarán impresionados.

Después de aquello, seguramente el señor Govind le habló bien de nosotras al hombre que hacía las pulseras. Al día siguiente, a la hora de comer, el hombre de las pulseras nos dio una bolsa de cuentas y un rollo de alambre. Nos enseñó a atar la pulsera, cuando estaba terminada, y nos advirtió:

—He contado todas las cuentas. Será mejor que cada pulsera lleve el número que le corresponde, o tendréis que pagar por cada una que falte.

A las chicas de Maa Kamala les dio envidia nuestro trabajo. Para apaciguarlas, dejábamos que se probaran las pulseras terminadas. Todas las noches nos sentábamos en el patio, con las piernas cruzadas, ensartando cuentas con la última luz del día. Cuando oscurecía, entrábamos y seguíamos ensartando, sólo parábamos para buscar las cuentas que se nos escapaban. Al final de la semana Tanu y yo teníamos cada una nuestra propia pulsera. Tanu habría seguido hasta llenarse el brazo de pulseras, pero yo me aburrí pronto de aquel trabajo. Aquello no era como mis bordados, que nacían de mi cabeza y mi corazón. Me cansaba enseguida de ensartar las diminutas cuentas de cristal.

Tanu y yo nos hicimos muy buenas amigas. Compartíamos habitación con otras tres viudas, dos de ellas mayores que nosotras. Decían que las pulseras en el brazo de una viuda eran impropias y se enfadaban porque nos quedábamos hablando hasta tarde, nos reíamos y no las dejábamos dormir. Nuestra habitación era muy sosa, así que colgué la colcha de mi ajuar para alegrarla. Allí estaban mi *maa*, con su *sari* verde y mi *baap*, con su bicicleta. Allí estaban mis hermanos, jugando al fútbol y nuestro patio, con su árbol de tamarindo, y allí estaba yo, en el pozo. Al cabo de un tiempo, dejé de mirar la colcha, porque me hacía sentir mucha nostalgia.

La mitad de nuestros sueldos era para pagar los gastos en la casa de viudas y el resto lo guardaban por nosotras. Cada semana, Maa Kamala anotaba en un librito lo que quedaba de los sueldos. Mis ahorros no eran gran cosa, pero aumentaban cada semana. Una mañana temprano fui a solicitar mi pensión. Esta vez rellené el formulario orgullosa, puse la dirección y firmé con mi nombre. Pronto comenzó a llegar el sobre con mi pensión y la pensión se iba sumando a mis ahorros. Yo veía que, aunque tardaría algún tiempo, un día me mudaría de la casa de las viudas para dejar sitio a otra viuda. Tanu y yo incluso hablábamos de compartir habitación algún día.

Ahora que ya no ensartábamos cuentas, yo entretenía a Tanu, después de la cena, leyendo en voz alta los poemas de Tagore, aunque las viudas mayores decían que habría hecho mejor en leer los versos sagrados. A Tanu le encantaba oír aquellos poemas y, al cabo de un tiempo, incluso las viudas que no querían que los leyera comenzaron a escuchar. Todo el mundo tenía su favorito; las viudas mayores preferían poemas sobre la tristeza de la vida y las más jóvenes poemas de amor.

Una noche, Raji llegó al patio cuando estaba leyendo el poema del pájaro sin hogar. Se sentó en el extremo más apartado del patio, mientras comía algunas sobras que le había dado Maa y escuchaba el poema con una expresión soñadora en la cara. Parecía disfrutarlo tanto que le entregué a Raji el libro y le pedí que leyera algún poema.

Sacudió la cabeza. Por su gesto avergonzado, adiviné el motivo y se me escapó:

—¿Es que no sabes leer?

Él me respondió enfadado:

—¿Cómo voy a saber leer, cuando llevo trabajando en el campo desde los cinco años? Además, en mi familia nadie sabe leer. ¿Quién me iba a enseñar?

Respiré hondo y pregunté:

—¿Quieres que te enseñe?

Le estaba agradecida a Raji por todo lo que había hecho por mí y estaba deseando tener la oportunidad de hacer algo por él a cambio.

Raji daba pataditas al polvo y me miraba con el ceño fruncido. Al final se encogió de hombros y aceptó.

Cada día regresaba exhausta a casa de Maa Kamala, con el aroma de las caléndulas flotando a mi alrededor como una nube. Cenaba lentejas con curry o arroz, en compañía del resto de las viudas, a veces con un poco de pescado fresco o unos bocados de pollo. Al atardecer aparecía Raji, cansado y enfadado y medio muerto de hambre, porque ahorraba hasta la última rupia para poder regresar a su granja. Maa Kamala le daba algo de comer y al cabo de un rato, a medida que se le iba llenando el estómago, dejaba de contestarme mal. Al principio era impaciente, pero a medida que las letras se fueron convirtiendo en palabras y las palabras en pensamientos, se volvió entusiasta y suspicaz a la vez, como si le estuviera ocultando algo. Pronto pudo sostener el libro con sus propias manos y, moviendo el dedo lentamente, leer las palabras él solo.

No le gustaba que otras viudas vieran cómo luchaba por aprender a leer, así que nos sentábamos en un rincón del patio, acompañados sólo por Maa Kamala, que nos vigilaba. Comencé a esperar con ilusión las visitas de Raji. Lo miraba de reojo, mientras él leía las palabras de los poemas. El pelo enredado le caía sobre la frente y a veces, cuando la lección era demasiado larga y Raji estaba demasiado cansado, pestañeaba deprisa intentando no quedarse dormido. Las manos que sujetaban el libro eran las manos fuertes de un hombre que ha trabajado toda su vida, pero sostenía el libro con delicadeza.

Cuando había tenido un buen día y había recibido propinas generosas, me traía algún detalle, un cucurucho de almendras azucaradas condimentadas con pimienta y comino, y una vez un puñado de lirios, que me colocó en el pelo, y yo a él detrás de la oreja. Yo hablaba a Raji de las chicas con las que trabajaba y él me hablaba de la gente a la que había llevado aquel día. Sólo podía quejarme a Raji y le confesé que tenía miedo de pasar el resto de mi vida en un mar de caléndulas naranjas. Cuando algún día Raji había tenido pocos clientes y no había recibido ninguna propina, no mostraba entusiasmo por los libros, pero casi siempre estaba impaciente por aprender.

Sus poemas favoritos eran los que describían el campo, poemas que hablaban de levantarse temprano, cuando la luz de la mañana es delicada y pálida, y de oír el canto de los pájaros.

—Tu poeta debió de pasar mucho tiempo en un pueblo como el mío —me dijo—. Estoy deseando que llegue el momento de regresar.

—¿Es que no te gusta la ciudad, Raji? —pregunté yo.

—Odio el gentío y la miseria. En el campo que rodea a nuestro pueblo es fácil encontrar un sitio donde no haya ni un ser humano. Puedo ir allí y mis pensamientos no se enredan con los pensamientos de otras personas.

—Entiendo a qué te refieres —dije.

Le hablé del río donde lavaba la ropa, entre martines pescadores y libélulas, y las llamadas de las palomas y el viento que agitaba las hojas de las higueras.

—Yo conozco un sitio en el río, te lo puedo enseñar —dijo. Su voz sonaba ilusionada—. Mañana vendré a buscarte, justo después de la cena. No hay más que caminar media hora y la ciudad desaparece.

Acepté enseguida. Me alegraba la idea de dar un paseo por el río y me imaginaba que Raji estaba ansioso de hacer algo por mí, a cambio de mis clases.

Al día siguiente, por la noche, me escapé para encontrarme con Raji. Maa Kamala era muy estricta y no aprobaba que los chicos y las chicas se vieran, si no era bajo su mirada vigilante. Raji me esperaba al final de la carretera. La jornada había terminado, y la gente ya había regresado a sus casas. Incluso los monjes y las viudas guardaban silencio en los templos. La ciudad entera parecía ausente. Recorrimos las calles desiertas, a paso rápido, y nos dirigimos hacia el norte, bordeando el río, Raji siempre un poco por delante de mí y mirando hacia atrás para ver si lo seguía.

Soplaba una brisa muy agradable. Ya habíamos salido del centro de la ciudad. Nos cruzábamos con muy poca gente, nadie nos prestaba atención. Había unos cuantos pescadores en sus barcas. Dos mujeres golpeaban ropa contra las rocas, mientras sus niños colocaban ramitas y hojas en el agua para ver cómo las arrastraba la corriente. Yo pensaba en la cantidad de veces que Sass me había mandado al río a lavar la ropa, y en lo feliz que ahora me sentía.

Raji señaló un templo, sobre una colina lejana.

—Nos dirigimos hacia allí —dijo.

Echó a correr. Yo eché a correr detrás de él. Llegamos al templo riendo y sin aliento.

El templo estaba vacío. A través del arco de la entrada se veía una imagen de Krishna.

—¿Qué tiene en la mano? —pregunté.

—La colina de Govardhan —dijo Raji—. Es una colina que no está muy lejos de aquí. Krishna salvó a las dieciséis mil lecheras con las que se había casado y a todas sus vacas de ahogarse en una tormenta terrible. Levantó la colina Govardhan con el dedo meñique, para que pudieran resguardarse. Pero el templo no es lo único que quiero enseñarte. Ven por aquí.

Bajó hasta la orilla del río:

—Mira —dijo—. Aquí hay un lugar como el que me describiste. Escucha... en vez del ruido de la ciudad, se oye el viento entre los árboles. Y ahí lo tienes —señaló una rama que colgaba por encima del río—, un martín pescador.

Lo decía con orgullo, como si él mismo hubiera hecho que el pájaro apareciera allí.

Nos quitamos las sandalias y chapoteamos en el agua fresca con los pies polvorientos. El sol se fue poniendo y parecía descansar sobre el río. Una rana asomó la cabeza, parpadeó unas cuantas veces y desapareció.

—Está tan silencioso —dije—, es el primer minuto de tranquilidad que tengo desde que llegué a la ciudad.

Raji sonrió:

—Sí, en la ciudad todo son empujones —se quedó mirándome fijamente—. Koly, ya casi tengo el dinero suficiente para reconstruir la casa y comprar lo que necesito para la siembra. Pronto regresaré a mi pueblo.

Me hubiera gustado decirle lo mucho que le iba a echar de menos, pero pensé que no sería apropiado. En lugar de eso, dije:

—Tienes suerte de poder marcharte de una ciudad donde cada día es igual al anterior y donde apenas nos damos cuenta de qué tiempo hace. Es como vivir dentro de una botella de cristal. Serás más feliz en tu granja.

—Trabajaré en la granja, pero tendré que vivir con mi tío hasta que arregle la casa. Se cae a trozos desde que murieron mi *maa* y mi *baap* —se agachó, recogió un puñado de piedrecitas y comenzó a lanzarlas al agua—. Cuando la casa esté terminada —dijo en voz baja—, tendré que buscar esposa.

No se me ocurrió nada que contestar. Era normal que Raji quisiera tener esposa, pero sus palabras me hicieron callar. No podía evitar pensar que la mujer que se casara con Raji tendría mucha suerte; era muy amable y listo. Me lo imaginaba con su esposa, en la granja y por un momento me sentí tan sola como aquella primera noche en Vrindavan.

Vi que me miraba de reojo y apartaba la mirada. Seguía tirando piedrecitas, provocando pequeñas explosiones de agua. Aquel ruido espantó a una garza que cazaba ranas a la orilla del río. La garza echó a volar, aleteando tan rápido como latía mi corazón y se fundió con el cielo del atardecer. Nos quedamos mirando, hasta que el pájaro desapareció.

Se estaba haciendo tarde. Al ponerse el sol, el río se había tornado de color gris, como el barro.

—Tengo que volver —dije—. Pronto oscurecerá.

Regresamos a la ciudad hablando de cosas sin importancia, de una actriz de cine que se acababa de casar y de los mosquitos que nos habían picado junto al río.

Después de aquello pasaron varias semanas, y aunque yo salía al patio todas las noches, esperando poder saludarle, Raji no regresó. Me pregunté si habría dicho algo que le había hecho enfadar. Me preocupaba que se hubiera marchado ya al campo y no volver a verle nunca más. Procuraba no pensar en él, y me decía a mí misma que, ahora que le había enseñado a leer, dejaríamos de vernos. Aún así, no podía evitar preguntarme por qué no había venido a despedirse. Intentaba quitarme a Raji de la cabeza, pero mi cabeza se negaba a obedecer.

* * *

Una noche Maa Kamala nos anunció que la mujer rica que pagaba nuestra casa de viudas venía a vernos. Tuvimos que limpiar todo a fondo, incluso el patio. Colocamos jarrones de flores por la casa y nos pusimos nuestros mejores vestidos. Maa Kamala frió *pooris* de calabaza y preparó *shikanji* con zumo de lima dulce y zumo de jengibre, y en el último momento nos mandó al bazar para comprar cubitos de hielo en un pequeño saco de plástico, advirtiéndonos que nos diéramos prisa, para que no se derritiera el hielo.

Justo antes de que llegara la mujer rica, Maa Kamala nos puso a todas en fila para ver si estábamos presentables. Tanu tuvo que ir a quitarse algo de lápiz de labios y rímel. A una viuda mayor le pidió que no se tapara la cara con el *sari*, porque la mujer rica no aprobaba aquella costumbre.

Todas nos quedamos mirando, mientras Maa Kamala saludaba a la mujer rica con un *namaskar* respetuoso. Para casi todas las viudas fue una gran decepción:

—Una cara corriente y ni siquiera tiene hilos de oro en el *sari* —susurró Tanu—. ¿Y por qué no lleva joyas?

Nuestra visitante era una mujer mayor, con una figura corriente y ropa sencilla, pero se paró a saludarnos una por una y tenía palabras amables para todas. Nos hablaba de forma directa y abierta, sin hacernos sentir como pobres viudas. Sonreía, llena de complicidad, y creo que sabía muy bien lo que estábamos pensando –quizá le divertía lo mucho que nos desconcertaba su aspecto sencillo. A medida que se iba acercando, vi que Tanu no se había fijado bien. Aunque su *sari* no estaba tejido con hilos de oro o plata, llevaba un *sari* de gran rareza y belleza. Parecía sencillo, pero yo sabía que estaba hecho de un tejido artesanal llamado muselina de rey, la mejor que se puede comprar. Mi *maa* me había señalado un *sari* justo igual que aquél cuando visitamos la tienda adonde llevaba su trabajo. Los bordes del *sari* de la mujer rica tenían una algarabía de flores en amarillos pálidos y rosas entrelazadas con hojas verdes. No podía apartar la vista de aquel trabajo tan hábil. Ella debió de advertir que la miraba con los ojos muy abiertos porque cuando me llegó el turno de saludarla, se paró para preguntar:

—¿Y tú qué haces?

—Hago guirnaldas de caléndulas en el bazar, señora —dije.

—Estoy segura de que lo haces muy bien.

Parecía querer añadir algo más pero, al cabo de un segundo o dos, pasó a la siguiente viuda.

Todas nos quedamos tiesas, sujetando tazas de *shikanji*, mientras Maa Kamala hablaba de manera muy cortés sobre lo mucho que progresábamos y lo agradecidas que estábamos por la ayuda de la mujer rica.

Para mi consternación, Maa Kamala dijo:

—Koly, Tanu, enseñadle a la señora las habitaciones —se giró hacia la mujer rica—. Espero que encuentre todo a su gusto.

La mujer sonrió y dijo:

—Si está demasiado ordenado, pensaré que he causado demasiadas molestias a todo el mundo.

Aquello me hizo sentir mejor. Le di un codazo a Tanu, que parecía incapaz de moverse, y comenzamos a guiar a la mujer rica de habitación en habitación. Algunas de las habitaciones estaban decoradas con flores artificiales, y pañuelos chillones colgados de las paredes. Otras habitaciones tenían cuadros religiosos del dios Krishna. En una habitación, tuve que dar una patada a un par de sandalias sucias para meterlas bajo el *charpoy*. Mientras nos seguía, la mujer nos preguntó de dónde veníamos y si estábamos contentas en casa de Maa Kamala, y qué planes teníamos. A Tanu le había comido la lengua el gato, pero yo aún recordaba las noches que había pasado en la calle y al hombre que había intentado llevarme con él, y le conté a la mujer rica todas aquellas cosas.

Al oír mi historia, colocó su mano suavemente sobre mi brazo. Era como si se le hubiera metido en la cabeza una canción triste y no pudiera deshacerse de ella.

—Aquí, en casa de Maa Kamala, estáis muy pocas, y son tantas las que hay en la ciudad —suspiró—. Ojalá pudiera hacer más. Desde luego que lo intentaré —luego reaccionó y, sonriendo otra vez, dijo—: ¿He visto todas las habitaciones?

—La nuestra no —dijo Tanu, valiente.

—Entonces tenéis que enseñármela.

Al entrar en la habitación, Tanu y yo miramos frenéticamente a nuestro alrededor, para ver si estaba desordenada. La mujer rica se fijó en el libro de poemas de Tagore junto a mi cama.

—Ah —dijo tocando el libro—, también es mi favorito —se detuvo para mirar mi colcha. Se quedó callada un momento—. ¿De quién es esto? —preguntó.

Yo era demasiado tímida como para decir que era mía. Tanu dijo:

—Es de Koly, la hizo para su dote.

La señora se volvió hacia mí.

—Háblame de esta colcha que has bordado. Las nubes que se ven… ¿Por qué has puesto esas nubes?

—Tienen la misma forma que las nubes de nuestro pueblo antes de que lleguen las lluvias. Aquél es nuestro mercado, con los puestos de hierbas y el barbero y el dentista y el hombre con la cesta de cobras.

Cuando noté que Tanu estaba allí de pie, mirándome, de pronto me di cuenta de que estaba hablando demasiado, y cerré la boca.

La mujer rica dijo:

—Recuerdo que me dijiste que trabajabas en el bazar haciendo guirnaldas.

Asentí, preguntándome si habría algo en la colcha que no le gustaba, y si perdería mi trabajo y me echarían de la casa de Maa Kamala.

—Conozco a un fabricante de *saris* de la mejor calidad —dijo—, que está deseando encontrar mujeres que sepan bordar. Pero no quiere mujeres que se dediquen simplemente a copiar lo que otras han hecho. Quiere mujeres que tengan ideas originales y que puedan trasladar esas ideas a su trabajo. Busca artistas.

Yo no sabía qué tenía eso que ver conmigo, pero la mujer me miraba, como si estuviera esperando que yo dijera algo, así que murmuré:

—Debe de ser difícil encontrar artistas así.

La mujer rica se echó a reír:

—¡Está claro que no debe de ser tan difícil, porque acabo de encontrar a una! Mañana vendré y te llevaré a verlo.

X

Al día siguiente, mientras esperaba impaciente, pregunté a Maa Kamala por la mujer rica. Maa se limitó a sacudir la cabeza y dijo:

—No debes llamarla así. Tiene un nombre, como todo el mundo, se llama señora Devi. Ahora ve corriendo y lávate bien los pies. No puedes ir con las uñas de los pies sucias. Y no olvides llevarte la colcha.

Era la primera vez que montaba en coche. El hombre que conducía el coche iba sentado delante, y la señora Devi y yo detrás. Parecía que había una brisa fresca atrapada dentro del coche.

No pude contenerme y pregunté, asombrada:

—¿De dónde sale ese fresco?

—Es el aire acondicionado del coche —respondió la señora Devi.

Había oído hablar de aquello, claro. Al pasar frente a la entrada de los cines caros sentía el aire fresco, pero aquí me rodeaba por todas partes. La señora Devi tenía una conversación agradable, mientras que yo, que iba sentada muy derecha, tenía miedo de abrir la boca. Recorrimos las calles en el coche, sentadas sobre cojines suaves, con las ventanas cerradas que nos protegían del calor y el polvo. La gente de la calle parecía estar muy lejos de nosotros. Pensé en Raji y en el esfuerzo que le costaba llevar a alguien con la bicicleta, en su *rickshaw*, y en lo fácilmente que la cosa del interior del automóvil tiraba de nosotros, o nos empujaba; no sabía muy bien cuál de los dos.

La señora Devi dijo:

—Al principio, cuando vi tu colcha, Koly, pensé en mi *baap*. Él venía de un pueblo muy parecido al tuyo.

Debí de mostrarme sorprendida, porque ella continuó diciendo:

—Cuando mi *baap* tenía diez años, su madre, que era viuda, cayó enferma y no podía seguir trabajando. Lo enviaron a vivir con su tío unos cuantos días. Cuando regresó, encontró que su *maa* había desaparecido. Le dijeron que había muerto, pero pronto descubrió que la habían traído a Vrindavan y la habían abandonado aquí.

Me quedé mirando a la señora Devi, asombrada con su historia, que tanto se parecía a la mía.

—¿Qué pasó? —susurré.

—El niño infeliz huyó a Vrindavan a buscar a su *maa*. Consiguió un trabajo de ayudante de un quincallero. Al final de cada día buscaba a su *maa*, sin encontrarla nunca.

Un día, llegó un hombre que se ganaba la vida perforando pozos de agua, para reparar su perforadora. A mi *baap*, que ya era un hombre joven, se le ocurrió que si la perforadora estuviera hecha de una forma determinada, sería más efectiva. Y así fue. Comenzó a fabricar perforadoras así, y pronto se vendieron por toda la India, y se hizo rico —me sonrió—. Al morir, dejó dinero en su testamento para una casa para viudas.

Yo tenía un millón de preguntas, pero el coche acababa de detenerse frente a una pequeña tienda. Había un arco iris de *saris* desplegado en el escaparate de la tienda. Un pequeño letrero con el nombre del propietario; el señor Das estaba en el rincón del escaparate.

Al entrar, el señor Das juntó las manos y le hizo una reverencia a la señora Devi. Enseguida me gustó aquel hombre, porque me recordaba al *bandicut* que vivía bajo la terraza. Era delgado, con ojos inteligentes, negros y orejas pequeñas. También era rápido como el *bandicut* porque, en cuanto entramos, cerró la puerta detrás de nosotras, como si nos hubiera atrapado y no pensara dejarnos marchar. No me habría extrañado ver una cola larga chasqueando a un lado y a otro detrás de su espalda. Saludó a la señora Devi con una sonrisa feliz, expectante.

—No, no, señor Das, hoy no vengo a comprar. Vengo a traerle un regalo.

Se mostró aún más satisfecho.

—Aquí está.

El señor Das se quedó mirándome. Estoy segura de que, por mi aspecto, supo enseguida que no había ido a comprar un *sari* de muselina de rey. Aun así, me hizo una reverencia y esperó.

La señora Devi desplegó mi colcha. Yo quería que me tragara la tierra. Había echado un vistazo a la tienda, y el bordado de los *saris* era muy fino. Estaba segura de que yo no podía hacer cosas así.

El señor Das se inclinó sobre la colcha, sujetó una esquina en la mano y la miró de cerca. Le dio la vuelta al trabajo y yo, en silencio, le di gracias a mi *maa* por enseñarme que un lado debe tener tan buen aspecto como el otro. Asintió, como si hubiera tropezado con algo valioso.

—La ha hecho Koly —dijo la señora Devi—. Está buscando trabajo y... ¿qué mejor trabajo que aquí, con usted? ¿Cómo iba a encontrar un lugar más adecuado?

Los ojos veloces, negros, del señor Das pasaban de la colcha a mí y otra vez a la colcha. No parecía ansioso por aceptarme, pero noté que no quería llevarle la contraria a una buena clienta.

—Habrá que enseñarle muchas cosas.

—¿Qué mejor profesor que usted?

Me miró otra vez:

—Podemos probar —dijo.

—¡Estupendo! No hay mejor momento que el presente. Se la dejo aquí.

Tras decir aquello, hizo una breve reverencia al señor Das y éste se apresuró a devolver la reverencia. Al momento la señora Devi había desaparecido y el señor Das y yo nos quedamos a solas.

No pude evitar decir en voz baja:

—No tiene obligación de contratarme.

Me acerqué hacia la puerta.

El señor Das parecía complacido con mi comentario:

—Al menos no pretendes aprovecharte de que conoces a la señora Devi. Ven conmigo.

Le seguí a paso rápido. Me guió a través de un pasadizo largo, oscuro, que se parecía más a un túnel que a un pasillo. Al final, salimos a una habitación grande, bien iluminada, con cinco o seis mujeres sentadas con las piernas cruzadas, algunas en el suelo, algunas en *charpoys*, todas inclinadas sobre piezas de tela extendidas en el suelo, como alfombras brillantes. A su alrededor había bobinas de hilo, tijeras y pequeños cuadrados de tela llenos de agujas clavadas.

Las mujeres interrumpieron su trabajo y me miraron con curiosidad. Todas eran mayores que yo, y estaba segura de que pensaban que no sabía siquiera enhebrar una aguja. El señor Das rebuscó a su alrededor, hasta que encontró un retal de tela. Me lo lanzó:

—Muéstrame lo que puedes hacer con esto.

Miré rápidamente los bordes que estaban haciendo las demás mujeres. Una de ellas estaba bordando un diseño de hiedra trepadora. Yo hice lo mismo.

Cuando vino el señor Das a mirar mi trabajo, sacudió la cabeza:

—No —dijo—. ¿Por qué tienes que copiar lo que hace otra persona? Eso ya existe. Quiero ver lo que tienes en tu propia cabeza.

Pensé que me iba a echar. En lugar de eso, me dio otro pedazo de tela.

Raji nunca andaba lejos de mis pensamientos. Una y otra vez, recordaba la tarde que habíamos pasado en el río y me preguntaba por qué no había tenido noticias de él. Mientras pensaba en el río, me acordé de la garza. Comencé a bordar su cuello largo y su cabeza con el pico afilado. Bordé sus largas patas colgantes y sus enormes alas. Me olvidé de dónde estaba. De vez en cuando, el señor Das miraba por encima de mi hombro, pero no decía nada. Cuando al fin acabé la garza, levanté la vista y me encontré al señor Das allí de pie, sonriendo:

—Eso es lo que quiero. No es una simple garza; es tu garza. Ha salido volando directamente de tu cabeza y, lo que es más importante, de tu corazón. Vuelve mañana y tendré preparado un *sari* para que trabajes. Tengo que pensar un poco qué tejido y qué color irán mejor. Ahora supongo que querrás saber cuánto te voy a pagar.

Nombró una cifra tres veces mayor que la que me pagaban por hacer guirnaldas. Sorprendida, estuve a punto de decirle que la cifra era demasiado alta, pero una de las otras mujeres se acercó a él en aquel momento, para pedirle hilo del color de la fruta del mango. Cuando por fin se giró hacia mí de nuevo, había decidido callarme. Sonreí educadamente y dije que la suma me parecía muy justa y que regresaría al día siguiente, a la hora que él quisiera.

El taller del señor Das se convirtió en el lugar más importante de mi vida. No podía creer que alguien me pagara por hacer lo que más me gustaba. Algunos días, el señor Das miraba mi trabajo y sacudía la cabeza:

—Pero Koly, ¿en qué piensas? ¿A qué mujer le gustaría llevar un *sari* con un perro persiguiendo a una oca? Has perdido la cabeza.

Así que yo dejaba a un lado el recuerdo del perro vagabundo y el patito. A pesar de todo, pude bordar muchos otros recuerdos. Trabajé en un diseño de aros de plata, y de aquel modo recuperé mis pendientes. Hice un estampado con guirnaldas de caléndulas, en honor de Hari y para recordar las horas que había pasado trenzando las flores naranjas. Una detrás de otra, fui retratando y bordando para siempre todas las cosas de mi vida. Todo el trabajo se hacía en la muselina más fina, y cada tejido de muselina tenía su propio nombre: aire, ala de libélula, nube de verano, rocío nocturno.

Mi única tristeza era la ausencia de Raji. Cada noche salía al patio esperando que apareciera, hambriento y ansioso por abrir un libro. Cada noche me llevaba una desilusión. Al final, tuve que reconocer que lo más probable era que hubiera regresado a su pueblo y estuviera buscando una novia. Aún así, no podía evitar la esperanza de volver a verle otra vez.

Llegué a conocer a las otras mujeres, sentada junto a ellas en el taller cada día, y pronto se hicieron mis amigas. La sorpresa fue que no me juzgaban por mi edad, sino por mi trabajo. Las mujeres mayores se reían al ver algunos de mis diseños, pero su risa era amable:

—Tus diseños son tan originales que nos sorprenden —me explicó una de ellas.

En el taller se bordaban pañuelos y cojines, además de *saris*. Una mujer vigilaba mi trabajo y el de las demás con ojo crítico. Siempre daba cuenta de cuando nuestros hilos se enganchaban o había que deshacer el trabajo y rehacerlo de nuevo. Si usábamos demasiado hilo, le informaba al señor Das. Por su larga nariz afilada, que siempre metía en los asuntos de las demás mujeres, la llamaban la Arpía.

La Arpía sacudía la cabeza al ver mi trabajo:

—¿Quién va comprar un *sari* así? Las mujeres quieren las cosas a las que están acostumbradas, no quieren excentricidades.

—No, no —dijo el señor Das—. Mis clientas siempre me están pidiendo cosas nuevas y diferentes.

Era un hombre de buen carácter y nos trataba a todas con amabilidad. Se interesaba por nuestras vidas y nos daba tiempo libre si una mujer tenía que quedarse en casa porque tenía al niño o al marido enfermo. A algunas mujeres incluso se les permitía trabajar en casa.

Sólo le vi enfadarse una vez. Una noche desapareció un *phul-khana*, un velo de boda, de seda fina y bordado en hilo de oro. El *phul-khana* era para la hija de un cliente rico y el señor Das no podía contener su frustración. El bordado lo había hecho la Arpía. Aunque sus palabras eran duras, sus bordados eran muy hábiles. Todas habíamos admirado el pañuelo con su luna y sus estrellas de oro y plata. Ella estaba tan furiosa como el señor Das por su desaparición. El señor Das puso cerraduras nuevas en las puertas y en las ventanas y comenzó a pagar a un hombre mayor para que vigilara el taller por las noches.

Comencé a hacerle confidencias a una de la mujeres más jóvenes. Mala tenía diecinueve años, sólo dos años más que yo, pero parecía más mayor. Era alta y delgada como una varilla de bambú. Llevaba los ojos muy pintados. Con sus largos dedos delgados y las uñas de color rojo brillante, cosía sin parar, bordando diseños tan complejos y hábiles que me dejaban boquiabierta. Aunque era muy joven, el señor Das le confiaba bordados de oro de verdad. La Arpía estaba celosa de Mala y se quejaba al señor Das de que Mala a menudo llegaba tarde por las mañanas.

Cuando el señor Das regañaba a Mala por sus retrasos, Mala se reía:

—No me eche sermones, señor Das —decía con voz burlona—. El señor Gupta, su competidor, que está al final de la calle, me para cada día para suplicarme que trabaje para él.

El señor Das se quedaba callado porque no soportaba pensar en los hábiles dedos de Mala trabajando en los *saris* del señor Gupta.

A menudo, un hombre joven esperaba a Mala para acompañarla a su casa caminando desde el trabajo, pero a veces Mala me dejaba acompañarla, porque su habitación no estaba lejos de la casa de las viudas.

Cuando Mala se enteró de que yo vivía en casa de Maa Kamala, dijo:

—Conozco ese sitio. ¿Cómo puedes soportar a esa vieja? Seguro que no te pierde de vista. Es peor que una cárcel. Quédate una noche conmigo para que veas lo maravillosa que es la libertad.

Debí haber protestado por la forma en que habló de Maa Kamala, pero estaba ansiosa por ser amiga de Mala.

Quería aceptar su invitación, porque las demás mujeres del taller me habían dicho que la habitación de Mala estaba a menudo llena de artistas y músicos.

Cuando le pedí permiso a Maa Kamala, se indignó:

—He oído hablar de Mala. Su habitación no es sitio para una chica joven. Desde luego que no puedes pasar la noche allí.

—¿Entonces puedo ir sólo unas horas? No me quedaré a dormir.

—¡No! No mientras vivas bajo mi techo.

Por primera vez, me enfadé con Maa Kamala. Después de cenar le susurré mi plan a Tanu.

—Diré que vamos al cine juntas. Te daré el dinero para la entrada y para dos limonadas.

Tanu estaba tan ansiosa como yo por enterarse de cómo era la casa de Mala.

—Bueno, pero no tardes mucho. No puedo quedarme sentada en el cine para siempre.

Tomé prestados la barra de labios y el lápiz de ojos de Tanu y esperé hasta que salimos de la casa para maquillarme mientras Tanu me sujetaba un espejo pequeño. La dejé comprando la entrada de la película y me fui corriendo a casa de Mala.

Pero cuando llegué a la escalera estrecha y oscura que llevaba a la habitación de Mala, empecé a aflojar el paso. ¿Qué podía decir una chica de un pueblo pequeño, como yo, a unas personas tan inteligentes de la ciudad? Deseé estar a salvo con Tanu, en el cine oscuro, tomando limonada.

Fue la música lo que me atrajo. El sonido bajaba por las escaleras traseras y me arrastró hacia él.

La puerta de la habitación estaba abierta. Al cabo de un minuto o dos reuní el valor suficiente y entré. Había una docena de personas dentro, tanto hombres como mujeres. Era la primera vez en mi vida que estaba en un grupo mixto como aquél. Pensé en cómo se habría escandalizado mi *maa* al verme en esta habitación donde se mezclaban hombres y mujeres. En el centro de la habitación había dos hombres, uno tocando un *sitar* y otro el *tabla*. Los dedos del músico que tocaba el *sitar* se movían arriba y abajo por las cuerdas como ratones inteligentes. El músico que tocaba el *tabla* seguía las notas del *sitar* como una sombra.

Mala se acercó para darme la bienvenida y me guió dentro de la habitación. Uno o dos invitados me lanzaron miradas curiosas. Mala me sentó a su lado en un cojín y centró su atención en los músicos. Rápidamente recorrí la habitación con la mirada. Casi todas las mujeres eran mayores que Mala; al menos lo parecían con sus peinados sofisticados y el maquillaje. Algunas llevaban vaqueros y camisetas en lugar de *saris* o *salwars* y *kameezes*. Todos los hombres, menos los músicos, que llevaban pijamas *kurta*, también vestían vaqueros y camisetas. Hablaban y reían, y prestaban poca atención a la música.

Había cuadros de verdad en las paredes y una alfombra en el suelo. Había un leve olor a incienso y otra cosa que olía dulce. Me di cuenta de que Mala tenía electricidad; había dos lámparas en la habitación. Para suavizar la luz, las pantallas estaban cubiertas con velos. Uno de los velos era de color azul pálido y el círculo de luz se convertía en una sombra azul. El velo de la otra lámpara arrojaba un dibujo de lunas y estrellas en el techo. Lo miré otra vez. Lo miré de cerca. Era el *phul-khana* que le había desaparecido al señor Das. No podía haber otro igual.

—Mala —susurré—, es el velo de boda.

—Pues claro. Lo robé para vengarme de la Arpía. No pongas esa cara. Eres como una niña. Además, el señor Das no nos paga ni la mitad de lo que valemos.

¿Qué habría dicho el señor Das si me hubiera visto sentada en la habitación de la persona que le había robado el *phul-khana*? Cuando ya iba a levantarme para marcharme de allí, Mala le pidió a un hombre que se acercara a nosotras.

—Aquí tienes a un artista de verdad —dijo—. Kajal, ésta es Koly, acaba de llegar del pueblo.

Mala nos dejó y fue a saludar a una chica que acababa de entrar en la habitación.

Yo no veía cómo podía huir sin quedar como una tonta. El artista, Kajal, me miraba fijamente. Tenía cara de gato, con los ojos almendrados y una sonrisa de medio lado.

—Tengo que hacerte un retrato —dijo, mirándome como si quisiera devorarme en lugar de pintarme.

Traté de apartarme de él, pero él me agarró el brazo y no me soltaba:

—Los cuadros de las paredes son míos —dijo—. ¿Qué te parecen?

Había una escena de un bosque oscuro con un tigre que asomaba entre los árboles. El tigre tenía la misma sonrisa de medio lado que Kajal y eso hizo que el hombre me diera más miedo. Vi que no era un gato casero sino un gato malvado, incluso peligroso. El otro era un retrato de Mala. Kajal la había pintado muy bella. Al mismo tiempo, la expresión de su rostro sugería que ella y el artista compartían un secreto desagradable:

—Te pintaré tan guapa como a Mala —dijo—. Tienes que venir a mi habitación en tu día libre.

—Oh, no —dije—. No podría.

¡Entrar en la habitación de un hombre! Maa Kamala se escandalizaría.

Me agarró el brazo con más fuerza:

—Ya no estás en un pueblo —dijo—. Ahora vives en la ciudad. Aquí estás entre adultos. Debes comportarte como tal. Tómate un *bhang*. Te relajará.

Sacudí la cabeza. Había visto las tiendas de *bhang* en la ciudad. Sabía que el *bhang* estaba hecho de hojas de marihuana.

—Tengo que marcharme —dije—. Ya llego tarde.

—No has bebido nada. Deja que te traiga algo fresco. Después te marchas. Ya veo que aquí no estás a gusto.

La música había cesado y, al otro lado de la habitación, vi que el músico que tocaba el *sitar* nos miraba. Comenzó a cruzar la habitación hacia mí, pero Mala salió a su paso y se lo llevó.

Kajal regresó con un vaso de *lassi*. Sentí el tacto del vaso fresco en las manos y sonreí agradecida a Kajal. Me bebí el *lassi*, ansiosa por marcharme. Al cabo de un momento la habitación comenzó a dar vueltas, y sentí un retortijón en el estómago. Vi al músico que tocaba el *sitar*, con un gesto de enfado en la cara, que se apartaba de Mala y venía corriendo hacia mí.

Estaba en la calle. Todo estaba oscuro. El músico del *sitar* me sujetaba y los transeúntes nos miraban curiosos.

—¿Dónde vives?

—Vivo en la casa de viudas de Maa Kamala, pero he quedado con Tanu en el cine que está a la vuelta de la esquina. ¿Tú quién eres?

—Me llamo Binu y tú eres una chica muy tonta. ¿Cómo te has mezclado con esa gente?

—Trabajo con Mala. Ella me invitó a venir. ¿Por qué estoy tan enferma?

—Ese animal, Kajal, te estaba engañando. El *lassi* estaba cargado de *bhang*. Tienes suerte de que yo estuviera allí. Cuanto antes te lleve con tu amiga, mejor. No soy ningún enfermero para cuidar de todas las chicas inocentes de pueblo.

Mientras me llevaba hacia el cine, murmuraba:

—Te has metido en un buen lío.

Vi que me había portado como una tonta. Había desobedecido a Maa Kamala porque estaba entusiasmada con la idea de ir a la habitación de Mala. Ahora odiaba a Mala. Apreté los dientes y los puños tratando de aguantar las lágrimas. Me fui calmando poco a poco.

—¿Qué hacías tú allí? —pregunté al músico.

—El chico que tocaba el *tabla* me invitó a ir con él. Es la primera y la última vez que me mezclo con esa gente. Aquí está el cine. Ésa debe de ser tu amiga.

Con un suspiro de alivio me empujó hacia Tanu, que nos miraba asombrada y boquiabierta.

Me giré para darle las gracias, pero él ya estaba cruzando la calle a toda prisa sin mirar atrás.

—¿Qué te ha pasado? —preguntó Tanu—. Pareces disgustada.

Cuando por fin le conté toda la historia, dijo:

—¿Cómo puede haber gente tan mala?

Casi habíamos llegado a la casa de las viudas. Me paré, temerosa de enfrentarme a Maa Kamala. Tanu sacó su espejito.

—Péinate y quítate el maquillaje. El lápiz de ojos se te ha corrido por las mejillas. Diré que en el cine comimos algo que te sentó mal.

Yo estaba segura de que Maa Kamala sabría enseguida todo lo que había pasado y me echaría de la casa.

—Deja que hable yo —dijo Tanu. Le explicó a Maa Kamala, que estaba muy preocupada—: Es el estómago. La culpa ha sido de los cacahuetes. Compramos un cucurucho entero, y esta glotona se los comió casi todos.

Maa Kamala me abrazó y su amabilidad hizo que se me saltaran las lágrimas.

—Pobre niña, prepararé un poco de agua de jengibre para que te tomes. Después tienes que acostarte enseguida. Si por la mañana no estás mejor, enviaré una nota al señor Das.

Asentí agradecida, segura de que por nada en el mundo me acercaría a Mala otra vez.

Pero al cabo de un par de días regresé al taller. Tenía que ganarme la vida. Además, ni siquiera el pensamiento de tener que ver a Mala podía apartarme de mis bordados. El primer día de mi regreso no quise mirar a Mala, pero en cuanto el señor Das salió de la habitación, Mala me susurró al oído:

—Si dices algo del velo, le diré a tu querida Maa Kamala que estuviste en mi casa y tomaste *bhang*. Me lanzó una sonrisa traviesa. Me aparté de ella a toda prisa, incliné la cabeza sobre mi trabajo para que la Arpía, que nos miraba fijamente, no pudiera ver el gesto de enfado en mi cara y sospechar algo. Pensé que jamás dejaría de culparme por mi estupidez, pero al día siguiente regresó Raji.

XI

Me estaba esperando a la salida del taller. Me alegré tanto de verle que olvidé el pudor y le agarré la mano.

—¿Cuándo has vuelto?

—Llegué anoche. Fui a ver al señor Govind y Tanu me mandó aquí. Pero debo regresar a mi pueblo enseguida. Tengo que plantar las lentejas a tiempo para las lluvias del mes que viene.

Acababa de llegar y ya le iba a perder otra vez.

—¿Qué hay de tu trabajo con el *rickshaw*? —pregunté, con la esperanza de tenerlo a mi lado un tiempo.

—Ya no tengo nada que ver con los *rickshaws*. Koly, vamos otra vez a nuestro sitio junto al río. Quiero hablar contigo.

Me sorprendió que me lo pidiera, pero quería aprovechar cualquier oportunidad de estar con Raji. Y lo había llamado "nuestro sitio".

Mientras caminábamos, yo pensaba en cómo había cambiado la ciudad para mí. Recién llegada, la ciudad me resultaba poco acogedora, incluso traicionera, pero ahora había encontrado mi lugar allí. Tenía mi trabajo y mis amigos. Jamás había sido tan feliz como cuando estaba con Raji, y no podía evitar estar triste porque pronto se marcharía.

Estábamos en la estación seca. Se veían las orillas llenas de barro, por donde discurría el río. Nos sentamos en un retazo de hierba y, tras quitarnos las sandalias, metimos los pies en el agua marrón. A nuestras espaldas, el templo abandonado tenía un aspecto desvencijado. Aquella tristeza me hizo recordar mi noche en el apartamento de Mala y me pregunté qué pensaría Raji de mí, si lo supiera.

Raji se quedó escuchando mi silencio un momento y después dijo:

—Algo te preocupa.

Asentí, incapaz de pronunciar palabra. En aquel instante una garza voló por encima de nuestras cabezas y se posó en el borde del río. Nos quedamos quietos, para que no se marchara. Me pregunté si Raji, como yo, estaba recordando la primera vez que la vimos. Cuando se marchó volando me dijo:

—¿Por qué tenemos que tener secretos?

Todo el relato de mi noche en casa de Mala brotó como un torrente de palabras.

Raji se apresuró a decir que no pasaba nada o que había sido muy tonta. Se quedó mirando al río Yamuna, que seguía su curso. Al cabo de un momento dijo:

—Me gustaría conocer a ese Kajal. Lo pisotearía como el escorpión que es. Me alegro de que me lo hayas contado, pero eso ya ha pasado. He vuelto a la ciudad para hablarte del futuro. Mi tío ha decidido alquilar la mitad de mis tierras. Con ese dinero puedo arreglar mi casa. Un hombre del gobierno me está enseñando a hacer que la tierra sea más fértil. El trigo que he plantado ya ha crecido. Quiero que vengas conmigo a mi pueblo. Te va a gustar mucho. Allí tenemos todas las cosas que te gustan.

Estaba perpleja y pregunté:

—¿Pero qué iba a hacer yo en tu pueblo?

Raji bajó la mirada y murmuró:

—Serías mi esposa, claro.

Me quedé mirándole. Jamás había imaginado que fuera posible una cosa así. Pensé que debía estar soñando.

—¿Y qué pasa con tu familia? —me atreví a preguntar—. No les gustará que te cases con una viuda; un matrimonio así es desfavorable. Y tú eres propietario de unas tierras. No te costaría encontrar una mujer que te trajera una dote.

Raji arrancó unos juncos y los lanzó al río.

—No quiero casarme con un puñado de rupias. ¿Acaso puedo volver a casa después de un día de trabajo en el campo y hablar con las rupias? ¿Puedo educar a mis hijos con unas rupias por madre que cuide de ellos? Mi *maa* y mi *baap* vivían en la misma casa, pero no cruzaban ni una palabra, más que cuando mi *maa* le ofrecía un segundo plato de arroz a Baap o mi *baap* decía que las berenjenas estaban pasadas. Yo quiero hablar con mi mujer. Contigo puedo hablar.

No tengo más familia que mi tío y mi tía. Puedo decidir por mí mismo. De todas formas, les he hablado de ti —me sonrió—. Además, tengo que mejorar mi lectura, y en mi familia nadie sabe leer.

Le devolví la sonrisa, pero no me salían las palabras. Me quedé allí sentada, mirando la otra orilla del río. La puesta de sol tornaba el agua marrón en dorada. Las primeras luces del atardecer brillaban contra el cielo, como una orla púrpura sobre un *sari* azul. Jamás había pensado en casarme otra vez. Sabía que Raji sería un buen marido para alguna chica afortunada, pero apenas podía creer que me hubiera elegido a mí o que su familia me aceptara.

—Al principio —dijo Raji—, seríamos pobres, pero he arreglado la casa para que no pueda entrar la lluvia y en nuestra tierra cultivaríamos toda la comida que necesitamos. Mi cosecha de *okra* y lentejas nos dará dinero. En el patio hay un pozo. Si tenemos agua y comida, y un techo donde cobijarnos, no necesitamos nada más.

Yo seguía sin encontrar palabras y Raji me miraba con atención:

—Quizá no debería haber dicho nada. A lo mejor yo no te importo.

Miré con ternura los hombros fuertes de Raji, su piel marrón y su divertido pelo rebelde que él había intentado peinar con aceite de coco.

—Claro que me importas. Te he echado mucho de menos. Todas las noches salía al patio a esperarte.

Me tomó la mano y yo no la aparté. ¿Acaso no había sido siempre feliz con Raji? Quería decirle a Raji que sí, que sí. Pero me lo había pedido tan de repente... ¿Y qué iba a ser de mis bordados en la tienda del señor Das, y de mis amigas en casa de Maa Kamala? Me veía en los dos sitios, con Raji y en el taller del señor Das, pero no me veía en un solo sitio:

—¿Cómo puedo renunciar a mi trabajo? —pregunté a Raji—. ¿Entonces, qué voy a hacer?

—Te encargarás de la casa, de ir a la compra y cocinar —y con una voz tan débil que apenas pude oírlo, añadió—: Y supongo que tendremos hijos.

Se pasó una mano por el pelo, despeinando lo que ya estaba despeinado.

No podía olvidar mis días con Sass. Me veía otra vez barriendo el patio y acarreando pesados cántaros de agua. Aunque no estuviera Sass, el trabajo sería duro, pero Raji y yo estaríamos allí juntos.

—No lo sé, Raji —conseguí decir—. Quizá deberíamos esperar un poco.

En un tono desilusionado dijo:

—Quieres quedarte aquí para ir a más fiestas en casa de tu amiga Mala.

—¡No es cierto! Ojalá no te hubiera dicho nada.

—Lo siento —parecía triste—. ¿Cuánto tiempo quieres esperar?

Me quedé pensando un momento, intentando imaginar cómo sería aquella nueva vida. Al final, dije:

—No mucho —al ver en su cara que estaba dolido, no pude evitar preguntar—: Si no voy contigo enseguida, ¿buscarás otra esposa?

—Ya he encontrado la esposa que quiero.

Estaba arrancando tantos juncos que pensé que si no nos marchábamos pronto, no quedarían juncos a la orilla del río Yamuna.

—Es muy tarde —dije—. Maa Kamala se preguntará dónde me he metido.

—Pero no dices que no.

Sacudí la cabeza:

—No digo que no. Dame un poco de tiempo, Raji, y llegará el sí.

Raji dejó de arrancar los juncos y me tomó la mano otra vez. Tenía un gesto afligido en la cara. Extendí la mano y le acaricié el pelo:

—Será por poco tiempo y te escribiré —prometí—. ¿Me escribirás tú a mí?

Con una leve sonrisa dijo:

—Si no tratas mis cartas como una lección ni me las devuelves corregidas en rojo.

Cada semana llegaba una carta de Raji. Algunas cartas no contenían más que unas cuantas frases, pero algunas traían muchas páginas que describían cómo habían brotado las lentejas y cómo el agua del pozo era dulce y buena.

En una carta, Raji me contó que había plantado un árbol de tamarindo en el patio.

"En los Vedas dice: Quien planta un árbol tendrá su recompensa ¿Cuándo llegará mi recompensa?"

A menudo me hablaba de los pájaros que veía, los halcones y una vez un águila. Por las noches había luciérnagas en el patio, y se oían los gritos de los chotacabras que volaban sobre su cabeza. Como Raji era granjero, todas las cartas hablaban del tiempo.

En mis respuestas a Raji, le hablaba de lo mucho que pensaba en él. Apenas mencionaba el tiempo, porque en la ciudad no se notaba mucho. Unas veces hacía mucho calor y otras no. Las estaciones se ocultaban detrás de tantas casas y el tráfico de las calles. Tanu y yo nos habíamos mudado de la casa de las viudas y ahora teníamos nuestra propia habitación, que sólo tenía una ventana y no tenía patio. Para nosotras, el tiempo había desaparecido por completo.

Nos habíamos marchado de la casa de las viudas llorando y abrazadas a Maa Kamala:

—Ahora sois mujeres y debéis dejar espacio aquí para otras viudas —nos regañaba cariñosamente—. Pero no nos olvidéis —también tenía lágrimas en los ojos.

Al ver las miradas asustadas de las viudas que ocuparían nuestro sitio, me di cuenta de lo mucho que habían cambiado las cosas para mí. Tenía amigos y un trabajo estable, y ahora tenía a Raji. Pero si me casaba con él, ¿tendría que renunciar a mis amigos? ¿Y a mi trabajo? Pasaba las noches despierta intentando encontrar una solución.

Tanu y yo nos sentíamos orgullosas de tener un sitio propio donde vivir. Colgamos fotografías de revistas viejas en la pared y compramos *charpoys* y un pequeño hornillo para cocinar. La entrada de nuestro edificio estaba en un callejón estrecho. En el edificio vivían cuatro familias, y todos compartíamos un baño y un grifo donde recogíamos el agua y lavábamos.

Al principio fue emocionante tener nuestra propia habitación, pero pronto me cansé. Estábamos a principios de mayo y parecía que el monzón no iba a llegar nunca. No había ni una gota de aire. El polvo de la calle cubría todo. Si apartaba los ojos, las paredes de la habitación se iban cerrando más y más sobre mí, hasta que creía que me iba a ahogar. Podía subirme al tejado, pero la hojalata me quemaba los pies. En la calle había cien personas más respirando el aire que yo necesitaba. No había ni chotacabras, ni libélulas, ni halcones por ninguna parte. Comencé a añorar a Raji y su pueblo.

Esperaba ansiosa sus cartas. El árbol de tamarindo prosperaba y algún día daría sombra al patio. Había hecho persianas, para que no entrara la lluvia cuando llegase la estación de las lluvias, y estaba trabajando en una sorpresa para mí. Tanu se burlaba de mí:

—Vas a desgastar las cartas con tanto doblarlas y desdoblarlas.

En el taller había mucha tensión por el calor. Había peleas por compartir las tijeras o por quedarse con el sitio que tenía mejor luz. Hasta la muselina más fina parecía calurosa y pesada en nuestros regazos.

El señor Das decía que llevábamos mucho retraso y sus clientes se quejaban. Siempre le gritaba a Mala, que cada vez llegaba más y más tarde. Ella se limitaba a sacudir la cabeza y decía que el señor Gupta estaba detrás de ella para que trabajara para él.

Fue un día de tanto calor que teníamos que secarnos las manos sudorosas en un trapo para no manchar el trabajo, cuando despidieron a Mala.

Una de las mujeres estaba bordando un *sari* de boda, enrollando hilo de oro a lo largo de los bordes y sujetándolo con las puntadas más diminutas que cabe imaginar.

—No me ha dado hilo de oro suficiente para acabar el *sari* —se quejó al señor Das.

Todo el hilo de oro se guardaba bajo llave en un armario. El señor Das era el único que podía abrirlo.

El señor Das la miró extrañado:

—Sí, sí. Te equivocas. Coloqué una bobina nueva a tu lado hace menos de una hora. Se te habrá extraviado el hilo —insistió—. Vaya forma de tratar algo tan valioso. Tiene que estar por alguna parte. Búscalo mejor.

La mujer se levantó, sacudió su ropa y el *sari* en el que estaba trabajando y con un tono de perplejidad dijo:

—Aquí no hay ningún hilo.

La Arpía miraba callada cuando dijo:

—Mirad en el bolso de Mala.

Tenía una sonrisa de satisfacción en la cara. Todos miramos a Mala. Ella extendió el brazo para agarrar el bolso, pero antes de que pudiera alcanzarlo el señor Das lo tenía en la mano y lo estaba abriendo. Mala se levantó de un salto, gritando que no tenía derecho a registrar su propiedad. Al agarrar el bolso, se cayó la bobina. Nadie hizo ningún ruido.

—Has terminado aquí —dijo el señor Das, rompiendo el silencio—. Ve a trabajar para Gupta. No le traerás más que problemas.

Yo estaba enfadada con Mala e indignada por sus robos, aunque una parte de mí sentía pena por ella. Tanta belleza y tanta inteligencia desperdiciadas. Lo que acababa de sucederle era como cuando se rompe un hermoso jarrón.

Aquella noche, para olvidar el incidente con Mala, convencí a Tanu para que bajara conmigo al río donde íbamos Raji y yo. Cada día echaba más de menos a Raji y pensé que al ver el río me sentiría más cerca de él.

En efecto, poco a poco dejé de pensar en Mala. Tanu era una chica de ciudad, y tanto espacio abierto junto al río le ponía nerviosa, así que regresamos pronto a nuestra pequeña habitación. Una parte de mí regresó allí, pero otra parte muy grande se quedó con el río y el martín pescador y la garza y los recuerdos de los momentos que había pasado allí con Raji.

En junio llegó una carta de Raji cargada de buenas noticias:

—Mi sorpresa está terminada —escribía—. He construido una pequeña habitación en la casa, sólo para tus bordados. Hay dos grandes ventanas para que tengas sol todo el día. Desde una ventana verás el patio y el árbol de tamarindo. Desde la otra ventana verás los campos donde trabajo.

La habitación no fue lo único que me llenó los ojos de lágrimas, sino que la idea hubiera surgido en la mente de Raji y que después la construyera con sus propias manos. Mis últimas dudas sobre el matrimonio levantaron el vuelo y se alejaron, como una bandada de pájaros que despega de un campo para perderse en la distancia.

A menudo pensaba en la habitación que Raji me había construido. Allí no se oirían los automóviles, ni las motocicletas, ni los autobuses. En lugar de eso, oiría el rumor de las hojas del árbol de tamarindo y el sonido de los pájaros que anidaban allí. Colocaría cortinas blancas de muselina, que ondearían al soplar la brisa del campo. Mi hijo estaría en el campo ayudando a Raji. Mi hija estaría sentada a mi lado en la habitación, con un pedacito de tela y aguja e hilo en la mano.

Una vez más, comencé una colcha para mi dote. Había bordado mi primera colcha preocupada por mi matrimonio con Hari, la segunda llena de pesar por la muerte de Hari. La colcha de Chandra la bordé para celebrar su felicidad. Esta vez, mientras bordaba, pensaba sólo en mi propia felicidad.

—Cuando esté acabada —le escribí a Raji —, nos casaremos.

En el centro de la colcha, extendiendo sus ramas en todas las direcciones, coloqué un árbol de tamarindo, para recordar el árbol del patio de mi *maa* y mi *baap*, y el árbol del hogar al que me dirigía. Bordé al señor Das, a la señora Devi, a Maa Kamala y a Tanu. Incluso había un sitio en la colcha para Mala, aunque había oído que ya no trabajaba con el señor Gupta. Bordé un *rickshaw* y a Raji en los campos, y a mí, bordando en la habitación que Raji me había construido. Por el borde de la colcha puse el río Yamuna, con juncos y garzas a la orilla.

Un día, le confesé mis planes al señor Das. Sabía que a algunas mujeres les enviaban su trabajo y esperaba poder hacer lo mismo. Al principio, el señor Das lamentó oír la noticia, pero después sus ojos negros brillaron de emoción.

—¿Por qué no ibas a ser feliz con tu marido y tu hogar? —dijo—. Recuerdo al chico que te esperaba delante de la tienda. Un chico muy educado. Lleno de energía. Se notaba por su forma de pasear de un lado a otro. Con un marido así, es imposible que pases hambre. Pero Koly, no debes dejar de trabajar. ¿Él lo comprende?

Le hablé al señor Das de la habitación que Raji había construido para mí.

—Ah, eso está muy bien. Cada pocos meses vendrás a verme y yo te daré trabajo para que te lo lleves a esa habitación. Pero... ¿no tendrás que encargarte de la casa? ¿Preparar la comida? ¿No habrá niños llorando por una cosa o por otra? ¿Tendrás tiempo para trabajar?

—Ya me las arreglaré —prometí—. A veces la casa no estará muy limpia, la comida quizá será un poco improvisada y los niños que lloren se sentarán en mis rodillas y yo les cantaré mientras trabajo.

El señor Das se echó a reír:

—Si me lo prometes, te regalaré un *sari* para tu dote.

Tanu no se había tomado muy bien la noticia de mi partida.

—Tienes suerte —decía, y su voz tenía un tono amargo—. ¿Dónde encontraré un hombre que quiera casarse con una viuda? ¿Y quién ocupará tu lugar aquí y pagará un alquiler tan caro?

Como yo ganaba más dinero que Tanu, pagaba una cantidad más elevada. En casa de Maa Kamala nos enteramos de que había dos chicas que buscaban habitación y que estaban encantadas de irse con Tanu.

—Aún así, no será lo mismo —dijo Tanu.

Aunque deseaba casarme, sabía que echaría mucho de menos a Tanu.

—Nos veremos cuando venga a traer el trabajo al señor Das —prometí—. Y puedes venir a visitarnos al campo.

Tanu sacudió la cabeza:

—Nos veremos aquí, pero no pienso ir al campo. Está lleno de serpientes.

Habían llegado las lluvias. En sus cartas, Raji me contaba que todo estaba verde. Escribía orgulloso, contándome cómo el agente del gobierno había llevado a otros granjeros para que vieran lo bien que crecían sus cosechas. A veces, decía, se asomaba a la habitación que había construido para mí, esperando encontrarme allí. ¿Cuándo estaría terminada la colcha?

Le contesté que la colcha estaba casi acabada. "No más de una semana", prometí. Mis pensamientos volaban hacia Raji cada vez más y más y me acostaba tarde, acabando la colcha.

En el taller del señor Das oíamos la lluvia golpear sin cesar sobre el tejado de hojalata. Nos sentíamos protegidas y cómodas en nuestro taller, nos enseñábamos nuevas puntadas, intercambiábamos chismes, nos contábamos nuestros planes. El taller y las mujeres que trabajaban allí se habían convertido en parte de mí. Mientras bordaba, no dejaba de pensar en lo afortunada que había sido al encontrar a Raji, y cómo sin él mi vida habría sido muy diferente. Aunque era muy feliz, a veces pensaba en Sass. Pensaba que por su lengua afilada y sus modales hoscos, no sería bienvenida en casa de su hermano. Pobre Sass.

El señor Das debió contarle a la señora Devi que iba a casarme. La siguiente vez que vino a la tienda, le dijo al señor Das:

—El primer *sari* que Koly borde en su nueva casa debe ser para mí. Tiene que darle una pieza de muselina de rey para que se la lleve —me sonrió—. Koly, ¿querrás buscar algo para el borde en algún poema de Tagore?

Enseguida supe que sería el pájaro sin hogar, que al fin volaba hacia el suyo propio.

Nota de la autora

Koly habla el hindi, que es una de las muchas lenguas que se hablan en la India. Aquí están las definiciones de algunas de las palabras que encontraréis a lo largo del libro.

Baap: padre.

Bahus: nuera.

Bhagat: alguien que practica la medicina tradicional.

Brahman: la más alta de las castas hindúes.

Casta: uno de los rangos sociales o grupos en los que se divide la sociedad hindú.

Chapati: pan sin levadura, que se cocina en una plancha.

Charpoy: bastidor de madera, relleno de cuerda, para dormir.

Chili: especie de guindilla.

Choli: blusa de manga corta, que se lleva debajo del *sari*.

Chula: cocina de barro cocido, que a veces tiene un horno de hojalata.

Chutney: condimento agridulce elaborado a partir de frutas, legumbres o ambas cosas.

Dal (o dhal): salsa hecha con puré de lentejas y especias.

Darshan: tener un sentimiento religioso por la influencia de un objeto o lugar sagrado, como el río Ganges.

Gataka: persona que arregla matrimonios.

Ghat: escalones anchos, que por lo general conducen a un río.

Ghee: mantequilla que se ha calentado para extraer el suero.

Kameez: camisa larga, suelta.

Kautuka: hilo de lana amarillo, que llevan las novias atado a la muñeca.

Kohl: polvo que se utiliza para perfilar los ojos y oscurecer las cejas.

Krishna: dios hindú.

Pijama kurta: camisa larga y pantalones anchos.

Lassi: bebida hecha de yogur, frutas y especias. Muchas veces se le añade hielo.

Maa: madre.

Manikarnika Ghat: uno de los ghats mas conocidos de Varanasi; allí se celebran una gran mayoría de las cremaciones que tienen lugar en esta ciudad.

Mantra: palabra o frase que se repite o se canta una y otra vez a menudo como oración.

Masala: mezcla de especias como canela, azafrán, clavo, granos de pimienta y comino molidas para dar sabor a la comida.

Namaskar: saludo que se hace juntando las manos a la altura del pecho para saludar a los iguales y a la altura de la frente para alguien que es muy respetable.

Okra: planta tropical de cuyo fruto, una vaina verde, se extrae un jugo de textura viscosa que se utiliza para espesar sopas y potajes. Su sabor es similar a la mezcla del espárrago y la berenjena.

Phul-khana: velo tradicional de boda.

Poori: pan que se fríe en aceite hirviendo, hasta que se hincha. A menudo va relleno de verduras y especias.

Puja: ceremonia religiosa del culto hindú.

Rama: dios hindú.

Rickshaw: calesa tirada por un hombre a pie, bicicleta o motocicleta, que sirve para transportar personas o enseres.

Rupia: unidad monetaria; unas 42 rupias equivalen actualmente a 1 euro.

Sadhu: hombre santo.

Salwar: pantalones anchos.

Samosa: pequeña empanada; las samosas se preparan con distintos rellenos.

Sari: pieza de tela que tradicionalmente mide seis metros; se envuelve para formar una falda y después se pasa por encima del hombro y la cabeza.

Sass: suegra.

Sassur: suegro.

Shikanji: bebida de lima y zumo de jengibre.

Sitar: instrumento de cuerda.

Tabla: conjunto de dos tambores.

Tali: bandeja.

Tikka: marca redonda de bermellón, pintada en la frente; simboliza el tercer ojo de la sabiduría; también es una señal de belleza.

Vedas: textos sagrados hindúes.

Wallah: persona que está al mando; con frecuencia, alguien que vende algo.

Rabindranath Tagore (1861-1941) fue uno de los más grandes poetas de la India. Tagore escribió además obras de teatro y cuentos, compuso música y luchó por la independencia de la India de Gran Bretaña. En 1913, recibió el Premio Nobel de Literatura.